WISHBOOKS MODERN FANTASY STORY

예성 장편소설

 4

예성 장편소설

초판 1쇄 찍은 날 | 2018년 1월 10일
초판 1쇄 펴낸 날 | 2018년 1월 17일

지은이 | 예성
펴낸이 | 예경원

기획 | 위시북스
편집책임 | 이규재
편집 | 이즈플러스

펴낸곳 | 예원북스
등록번호 | 제396-2012-000132호
등록일자 | 2012. 7. 25
KFN | 제1-205호

주소 | 경기도 고양시 일산동구 호수로 646-24 위너스21Ⅱ빌딩 206A호 (우)10401
전화 | 031-819-9431 팩스 | 031-817-9432
E-mail | yewonbooks@naver.com

ISBN 979-11-6098-756-0 04810
        979-11-6098-694-5 (set)

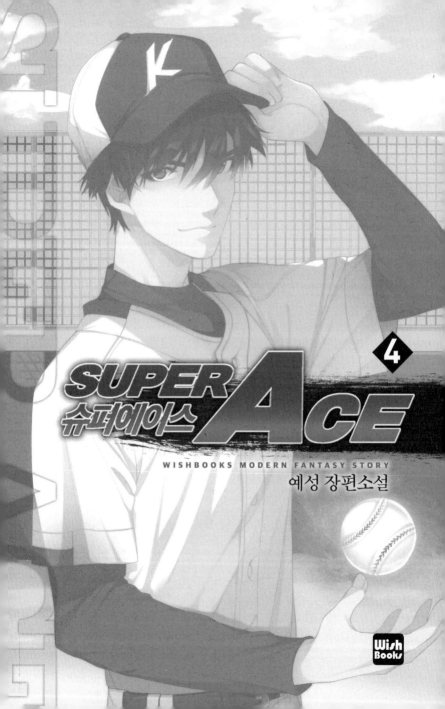

CONTENTS

1장
인디언스의 두 번째 한국인 선수

　호텔로 들어가는 그녀의 모습을 바라보던 영웅이 시동을
걸었다.

　부아앙-!

　뭔가 찜찜한 마음을 남긴 채 차가 호텔에서 멀어졌다.

　그때 호텔의 입구에 남아 있던 예린이 멀어지는 차를 보며
한숨을 내쉬었다.

　"에휴……."

　많은 의미가 담긴 한숨이었다.

　훈련을 하던 영웅은 한 통의 전화를 받았다.

　상대는 레이널드 단장이었다.

-잠시 할 이야기가 있는데 밖에서 볼 수 있을까요?

"저 지금 마이애미인데……."

-저도 그렇습니다.

예상외의 대답이었다.

어째서 레이널드 단장이 마이애미에 있는 걸까?

영웅은 훈련장을 떠나 한 호텔로 향했다.

호텔에 위치한 카페에 들어서자 레이널드 단장이 그를 반겼다.

"오랜만입니다. 잘 지내셨죠?"

"네, 단장님도 별일 없으시죠?"

인사를 건넨 뒤 서로 마주 보고 앉았다.

"시즌 준비는 잘되고 계십니까?"

"예, 선배와 함께 몸 만들기에 들어갔습니다."

"선배라고 하시면, 박형수 선수 말씀이시군요."

"네."

레이널드 단장이 알고 있다 해서 이상할 게 아니었다.

현재 박형수는 메이저리그 오른손 타자 최대어로 꼽히고 있다.

인디언스 역시 그의 영입을 검토하고 있단 이야기도 있었다.

언론에서 메이저리그 최초 한국인 배터리가 나오는 게 아니냐는 이야기를 하기도 했었다.

하지만 그 가능성은 높지 않았다.

인디언스에는 페르나라는 부동의 포수가 있었다.

타격과 포수로서의 능력 모두 리그 상위권에 달하는 선수였다.

그렇기에 박형수가 올 자리는 없었다.

그게 영웅의 생각이었다.

"사실 저희는 박형수 선수를 영입할 생각입니다."

"예?"

예상과 다른 말이 나왔다.

"하지만 포수로서는 아닙니다. 1루수 혹은 외야수로 영입을 하고 싶습니다. 커리어를 보니 1루수로 뛴 적도 많더군요."

분명 그랬다. 시즌 후반 체력이 떨어지면 박형수는 1루수로 뛰기도 했다. 그렇다 하더라도 포수로 경기에 나섰던 적이 압도적으로 많았다.

"다른 구단들 역시 박형수 선수의 타격에는 의심을 하지 않고 있습니다. 하지만 포수로서의 능력에 대해서는 의구심을 품고 있죠."

이야기는 들었다. 그래서 협상이 늦어지고 있다고 했었다.

"문제는 박형수 선수 쪽에서 포수를 고집하고 있습니다. 그것만 포기하면 계약은 수월할 거 같은데 말이죠."

"이 이야기를 제게 하시는 이유가 무엇입니까?"

"박형수 선수를 설득해 주시지 않겠습니까?"

영웅의 얼굴이 굳어졌다.

영웅은 호텔로 돌아왔다.

로비에 들어서자 최성재와 박형수가 대화를 나누는 모습이 보였다.

"오셨어요?"

"예, 30분 전쯤 왔습니다. 어디 다녀오셨습니까?"

"레이널드 단장님 좀 뵙고 왔어요."

"레이널드 단장이요? 무슨 이야기를 하셨습니까?"

만나서 했던 이야기들을 꺼냈다.

비밀도 아니었다. 레이널드 단장이 이야기를 전해 달라고 했던 것들이다.

이야기를 들은 최성재가 고개를 끄덕였다.

"역시 그렇군요."

"알고 계셨나요?"

"예상은 했었습니다."

최성재가 박형수를 바라봤다.

그와 관련된 계약 이야기이기에 조심스러운 것이었다.

박형수가 이야기를 받았다.

"다른 구단들에서도 포수가 아닌 1루수로 와달라는 이야기가 있었다."

정확히는 모든 구단이었다. 그 이유로 계약이 지금까지 미뤄지고 있었다.

"자존심 상하는군."

이를 악무는 박형수의 심정이 머리로는 이해가 됐다.

어린 시절부터 해오던 게 부정당하고 있었다.

넌 이곳에서 포수로는 안 돼.

메이저리그 구단들은 이렇게 이야기하는 중이었다.

해줄 말이 없었다. 친하다고 해도 나이 차이가 많았다. 함부로 조언을 해줄 입장이 아니었다.

또한 영웅은 박형수와 같은 입장을 경험하지 못했었다. 그렇기에 더더욱 이야기를 꺼내지 못했다.

"형님은 어떻게 생각하십니까?"

박형수가 최성재에게 물었다.

"나쁘지 않다고 생각한다. 당장 자존심은 상하겠지만 일단 계약을 해야 기회가 생긴다."

정론이었다.

"영웅이 넌 어떻게 생각하냐?"

"저도 최 과장님과 같은 생각입니다. 메이저리그에서 뛰다 보면 기회가 생길 게 분명합니다."

"흠."

"일단 급하게 생각하지 말고 조금 더 고민을 해보자."

어쩌면 인생에서 가장 중요한 선택일 수도 있다.

급하게 생각하면 독이 될 가능성이 높았다.

최성재의 말에 수긍한 박형수는 방으로 돌아갔다.

둘만 남게 되자 최성재가 한숨을 내쉬었다.

"어휴……. 선례가 없어서 그런지 메이저리그 구단들이 포수 박형수에 대해 믿음을 주지 않네요."

지금까지 동양인으로 포수가 메이저리그에 진출한 건 한

번밖에 없다.

그러다 보니 더 조심스러울 수밖에 없었다.

"참, 인디언스가 선수 영입에 열을 올리는 분위기입니다."

"그래요?"

"예, 들리는 소문에는 FA 시장에서도 꽤 열심히 작업을 하고 있는 듯합니다. 아마 투수 쪽을 보강하지 않을까 합니다."

그동안 인디언스는 스몰 구단으로 유명했다.

그런데 전력 보강에 나섰다는 건 한 가지 이유를 유추할 수 있었다.

"아마도 내년 시즌 우승을 목표로 하지 않을까 합니다."

영웅이 고개를 끄덕였다.

며칠의 시간이 흘렀다.

아직까지 박형수는 결정을 내리지 못했다.

협상도 올 스톱이 됐다. 세부적인 조건을 교환할 수 있는 상황이 아니었으니 당연한 일이었다.

영웅은 하루의 대부분을 훈련으로 보냈다. 그리고 간간이 스마트폰을 이용해서 국내 인터넷 뉴스를 확인했다.

'예린이와 만났던 건 별다른 문제가 없었나 보네.'

만날 때는 별로 신경을 안 썼지만 막상 헤어지고 나니 걱정이 됐다.

얼마 전 터진 열애설 때문이었다. 스포츠 스타와 연예인의 열애설이었는데 댓글을 봤다가 그냥 꺼버렸다.

선정적인 문구나 온갖 의혹이 난무했다. 선수에 대한 이야기는 별로 없었지만 여성 연예인은 말로 할 수 없을 정도의 댓글들이 달렸다.

자신 때문에 예린이 그런 일을 당할 수도 있다는 생각에 겁이 났다. 예린은 그런 일에 일일이 신경 쓰지 말라고 했지만 말이다.

"응?"

스포츠 뉴스에 눈을 돌린 영웅은 인디언스의 기사를 볼 수 있었다.

[클리블랜드 인디언스가 FA 좌완 최대어로 분류되던 스티븐 레일리 선수와 총액 2억 불의 대형 계약을 맺었습니다. 샌프란시스코 자이언츠 소속으로 올 시즌 17승 9패 평균 자책점 2.78을 기록한 스티븐 선수는 내년 시즌 강영웅 선수와 원투펀치를 이룰 것으로 전망됩니다.]

스티븐 레일리의 영입.

전혀 예상하지 못했던 소식이었다.

미국의 언론들도 확인했다.

사평을 달은 기사들에는 대부분 놀라는 모습이 역력했다. 전형적인 스몰 마켓인 인디언스가 스티븐을 잡을 줄 몰랐기 때문이다.

게다가 2억 달러라니?

한화로 따지면 2,000억이 넘는 엄청난 돈이었다.

계약 기간이 10년이라 연평균 2,000만 달러이긴 하지만 대단한 숫자임에는 분명했다.

'정말 최 과장님 말씀대로 우승을 노리는 걸까?'

그렇게밖에 생각이 들지 않았다.

그리고 영웅도 그 우승이란 걸 해보고 싶었다.

'우승을 하기 위해선 체력을 길러야 된다. 올해보다 더 강해져야 돼!'

인디언스의 공격적 영입에 자극을 받은 걸까?

영웅의 훈련 강도가 점점 강해졌다.

12월이 끝나갈 무렵, 박형수의 협상에 진척이 있었다.

고집을 꺾었다. 1루수로도 뛰겠다는 의사를 전한 것이다.

단, 메이저리그 로스터를 보장해 달라는 의사를 각 구단에 전달했다.

공은 메이저리그 구단들에게 넘어갔다. 받아들이는 곳이 있다면 본격적인 협상을 시작할 것이다.

그리고 일주일이 지난 밤.

영웅과 박형수는 인근의 한식집에 갔다. 별도의 룸에 앉아 저녁으로 삼겹살을 구워먹었다.

불판을 네 번쯤 갈았을 때, 박형수가 이야기를 꺼냈다.

"최종적으로 협상에 들어가는 구단이 결정됐다. 인디언스와 다저스다."

"인디언스가 마지막까지 남았어요?"

"그래, 성재 형도 놀라더라."

"음, 하지만 크게 이상한 일은 아니에요. 냉정하게 생각했을 때 저희 팀의 1루는 강하지 않으니까요."

작년 인디언스의 1루수는 알론조였다.

수비는 괜찮은 편이었지만 타격에서 저조했다.

오른손 타자로 홈런 11개, 타율 2할 8푼 6리, 그리고 32개의 타점을 기록했다.

1루수는 거포라는 이미지가 있다.

거포에게 바라는 건 홈런과 타점이었다.

그런 점에서 봤을 때 알론조는 썩 좋은 1루수가 아니었다.

"성재 형도 같은 이야기를 했었다. 게다가 인디언스가 조건이 더 좋아."

2010년 초중후반까지.

다저스는 엄청난 빅 마켓이었다.

악의 제국이라 불리던 뉴욕 양키스를 누를 정도였다.

하지만 월드시리즈 진출과 우승에 연달아 실패하면서 결국 선수 영입에 소극적으로 변했다.

스몰 마켓이라 할 순 없었지만 과거처럼 엄청난 딜을 하지 않았다.

게다가 다저스에는 확고한 1루수와 포수가 있었다.

무리해서 박형수를 영입할 필요가 없었다. 그럼에도 불구하고 영입 전쟁에 참여한 이유는 한국 마케팅 때문이었다.

그들은 과거에 한국 선수를 이용한 마케팅으로 엄청난 이득을 봤다. 그걸 알고 있기에 전쟁에 참가한 것이었다.

"형님은 어떤 마음이신대요?"

"인디언스 쪽에 마음이 기울었다."

여러 조건을 보더라도 인디언스가 좋았다.

"확실히 정하기 전에 너한테 듣고 싶어서 말이지."

"저한테요?"

"그래, 클리블랜드 생활이나 인디언스 내부 이야기 같은 거 말이야. 뭐, 어렵게 생각할 필요 없다. 그냥 네가 경험했던 걸 듣고 싶은 거니까."

의도를 깨달은 영웅이 이야기를 풀어냈다. 그동안 인디언스에서 생활을 하면서 겪었던 것들이었다.

굳이 비밀로 할 이야기도 아니었다. 구단 내부에서의 생활은 어떤지, 클럽하우스의 분위기는 어땠는지, 또 선수들의 사이나 직원들과의 관계들.

외부에서는 굳이 궁금해하지 않는 사안들이었다. 하지만 선수로 간다면 궁금해할 내용이었다.

그런 것들을 영웅은 밤늦게까지 풀어놨다.

어떤 이들은 야구의 스토브리그가 가장 흥미롭다고 이야기한다.

그만큼 엄청난 돈과 예상하지 못한 반전이 생기는 곳들이 바로 스토브리그였다.

올해 돌풍은 단연 클리블랜드 인디언스였다.

스티븐 레일리를 시작으로 또 다른 10승 선발 투수인 존 배터를 총액 6,000만 달러에 영입을 했다.

이로써 클리블랜드는 내년 시즌 선발 구축을 끝냈다는 평가를 받았다.

1선발에는 20승 투수이자 아메리칸리그사이영 상에 빛나는 강영웅.

2선발은 사이영 상 수상자이자 메이저리그 통산 180승에 빛나는 스티븐 레일리.

3선발 존 배터, 4선발 맥코이 밀러, 5선발 짐 놀란까지.

5선발 놀란을 제외하고는 모두 10승 투수였다.

순식간에 아메리칸리그에서 한 손으로 꼽을 정도로 대단한 선발 라인이 구축된 것이다.

외부에서는 이제 인디언스가 영입 전쟁에서 발을 뺄 것이란 의견을 내놓았다.

타격 쪽은 원래부터 괜찮았으니 굳이 변동을 주지 않을 거란 의견이 지배적이었다.

그때 또 하나의 소식이 날아왔다.

[클리블랜드 인디언스, 한국의 거포 박형수와 3년 총액 3,000만 달러에 계약!]

박형수마저 인디언스가 잡았다.

그 사실은 한국 야구계와 팬들을 열광하게 만들기 충분했다.

강영웅과 박형수.

한국을 대표하는 투수와 포수가 만나게 됐으니 말이다.

한국을 떠들썩하게 만든 두 사람 중 한 명인 영웅은 병원에 있었다.

부상 때문은 아니었다.

점검차 검진을 받기 위함이었다.

야구 선수는 언제 부상을 입을지 모른다. 그건 작년 물집 사건으로도 충분히 느꼈던 부분이다. 그렇기에 영웅은 정기적으로 검진을 받았다.

"키가 6.3피트네요. 엄청 크신데요?"

남자 간호사의 말에 영웅이 의아한 표정을 지었다.

"6.3피트요? 1년 전에는 6.2피트였는데."

"아직 젊으니까 조금 더 클 수도 있어요."

남자 간호사의 말대로였다.

영웅의 나이는 한국으로 따져도 이제 22살이었다. 충분히 클 수 있는 나이였다.

'점점 더 크고 있구나.'

꿈의 그라운드에서 키가 안 큰다고 생각했었다.

지금 생각해 보면 단순 정체기가 아니었나 싶었다.

이후 이런저런 검사를 받았다. 특히 어깨와 팔꿈치 손목은 정밀 검진을 받았다.

"다 끝났습니다. 결과가 나오는 대로 박사님과 미팅을 가질 거예요. 따로 연락을 드릴 테니 근처 카페에 가서 기다리셔도 됩니다."

검사 결과가 나오는 데에는 시간이 좀 걸린다.

그것을 알기에 영웅은 인근의 카페로 자리를 옮겼다.

평일이라 그런지 사람이 많지 않았다. 자리에 앉아 있는 대부분이 공부를 하는 학생이었다.

커피를 한 잔 시키고 자리에 와서 앉았다.

외진 곳에 자리를 잡은 덕인지 영웅을 알아보는 시선은 없었다.

주문을 받은 직원은 제외하고 말이다.

'다들 열심히네.'

카페라면 조금 떠들썩하게 수다를 떨 만도 하건만.

이곳은 매우 조용했다. 키보드를 두드리는 소리만이 적막을 깼다. 아, 종이를 넘기는 소리도 들렸다.

'응? 책이 정말 산이네.'

그때 한 여자가 눈에 들어왔다. 또래로 보이는 여성은 흰색 가운에 동그란 안경을 쓰고 있었다.

지적인 이미지를 풍기고 있었는데 꽤 예뻤다. 하지만 외모 때문에 눈에 띈 건 아니었다. 그녀의 테이블에 쌓여 있는 책이 엄청났기 때문이다.

'저걸 다 읽은 걸까?'

공부와는 거리가 멀었던 영웅은 의문이 들었다.

그러나 곧 신경을 끄고 스마트폰을 꺼내 동영상을 보거나 인터넷을 했다. 시간을 보내는 데 스마트폰을 하는 것만큼 좋은 건 없었다.

"꺄악!"

투두둑-!

얼마나 지났을까?

비명과 함께 무언가 떨어지는 소리가 들렸다.

고개를 들자 공부를 하던 여성의 테이블에서 종이가 떨어진 게 보였다.

테이블에 불안정한 자세로 기대고 있는 것으로 보아 아마 발을 헛디뎌 넘어지다가 책을 엎은 것 같았다.

그녀는 당황한 얼굴로 책을 집기 시작했다.

[메시지가 도착했습니다.]

때마침 메시지가 도착했다.

병원이었다. 준비가 됐으니 오라는 내용이었다.

영웅은 자리에서 일어나 출구로 향했다. 그 선상에 책들이 널브러져 있었기에 몇 권을 집어주었다.

"아, 감사합니다."

좋은 목소리였다.

"아니에요."

책이 두께가 있어 꽤 무게가 나갔다.

일반인의 기준에는 말이다.

하지만 영웅에게는 가벼운 수준이었다.

책을 한 번에 들어 테이블에 올려주고는 몸을 돌렸다.

"저……!"

그때 여성이 영웅을 불러 세웠다.

"실례가 아니라면 혹시 인디언스의 강 아닌가요?"

"예, 맞습니다."

정체를 굳이 숨길 이유가 없었다.

그의 대답에 여성이 환한 미소를 지었다.

"이런 데서 뵙게 될 줄이야. 혹시 사인 한 장만 부탁드려도 되나요?"

"네."

그녀가 내미는 종이에 영웅은 익숙하게 사인을 했다.

소란스러운 소리에 주변에 있던 사람들도 눈치를 채고 사인 요청을 해왔다.

인원이 많지 않았기에 금세 다 해줄 수 있었다.

"그럼……."

영웅은 가볍게 인사를 남기고 몸을 돌렸다.

그때 여인이 입을 열었다.

"저기, 한 가지 궁금한 게 있어요."

"네?"

"투구 폼을 왜 그렇게 던지는지 알려줄 수 있나요?"

"투구 폼이요?"

예상치 못한 질문에 되물었다.

"네, 트위스트라고 불릴 정도로 정석에서는 먼 투구 폼이잖아요. 그래서 궁금했어요."

"제가 존경하는 선수가 그렇게 던졌었거든요. 그럼 전 바빠서 이만 가 보겠습니다."

간단하게 대답을 해주고 영웅이 자리를 떠났다.

여성은 뭔가 하고 싶은 말이 있는 듯했지만 영웅의 발걸음을 세울 수 없었다.

"아쉽네……."

뭐가 아쉬운 걸까?

그녀는 멀어지는 영웅을 보다 다시 자리에 앉았다.

그리고 언제 그랬냐는 듯 다시 공부에 열중했다.

검진에서 이상한 부분은 발견되지 않았다.

오히려 좋은 결과가 나왔다.

"전체적인 근육량이 상승했습니다. 몸무게도 늘었고 키도 작년에 비해 커졌고요."

체중의 증가는 매우 중요했다. 고교 졸업 이후 영웅의 신체는 또래보다 분명 뛰어났다.

하지만 프로 전체를 놓고 봤을 때는 마른 편이었다. 체중 증가는 구속과 체력의 상승으로 이어진다.

그 외에도 많은 효과가 있었다.

며칠 뒤.

입단식을 끝낸 박형수가 마이애미로 돌아왔다.

그는 한결 편해진 얼굴이었다.

"이야~ 진짜 한시름 덜었다."

큰 계약을 앞둔 당사자의 마음은 무척이나 불안정하다.

심리적으로 흔들리는 상황이기에 훈련이 제대로 될 리도 없다.

그럼에도 불구하고 박형수는 훈련을 해왔다. 얼마나 강한 정신력을 보유하고 있었는지 알 수 있었다. 두 사람은 훈련에 속도를 더했다.

스프링캠프까지 앞으로 한 달. 그 안에 몸상태를 80퍼센트 수준까지 끌어올릴 계획이었다.

보름 뒤.

두 사람은 배팅 센터에 서 있었다.

간이 마운드에 선 영웅과 배터 박스에 선 박형수.

그리고 그물망 너머에서 그 모습을 바라보는 최성재까지.

"그럼 전력으로 가겠습니다."

"그래!"

최근 실전 훈련에 들어갔다.

그러던 와중 박형수는 메이저리그의 공을 경험해 보고 싶다고 이야기했다. 그 결과 이런 상황이 된 것이다.

'실전의 50퍼센트에 불과하지만……'

아직 몸상태가 베스트는 아니었다. 하지만 박형수에게 도움이 될 거라 생각하고 전력을 다했다.

최성재는 그런 두 사람을 바라보며 스피드건을 내밀었다. 구속은 몸상태를 체크하기에 가장 좋은 데이터 중 하나였으니 말이다.

마운드 위에서 와인드업을 한 영웅이 상체를 비틀었다.

'정말 전력이군.'

트위스트라 불리는 투구 폼이었다.

프로에 갓 데뷔한 영웅이 메이저리그 타자들을 압도할 수 있었던 이유가 바로 저 투구 폼 덕분이었다.

상체를 비틀어 전신의 힘, 거기에 플러스가 된 위력을 냈다.

또 하나.

트위스트 폼을 쓰면서 생기는 이점이 있었다.

바로 '디셉션'이었다.

상체를 비튼 상황에서 팔을 내리다 보니 공이 하체에 가려져 보이지 않았다.

릴리스 포인트로 이동할 때도 비슷한 효과를 냈다. 상체가 고정이 된 게 아니라 회전을 하기 때문에 공의 위치를 확인하기 어렵다.

그를 상대했던 타자들이 갑자기 공이 날아오는 것 같다는 이야기를 했던 이유가 거기에 있었다.

쐐애액-!

손을 떠난 공이 매서운 속도로 거리를 좁혀갔다.

박형수가 반응을 하기도 전에 홈플레이트를 지나쳐 그물망을 흔들렸다.

촤아악-!

"스트라이크."

최성재의 입에서 볼에 대한 판정이 나왔다.

'확실히 대단한데?'

타석에서 물러난 박형수가 감탄을 금치 못했다.

국가대표에서 봤을 때보다 한 단계 더 진보했다는 게 느껴졌다.

'메이저리그 톱클래스의 공이라는 건가.'

배트를 쥔 손에 힘이 들어갔다.

영웅은 이미 메이저리그 최고의 투수에 올랐다.

즉, 지금 던지는 공들을 치지 못한다면 메이저리그 최고 투수들과 상대할 수 없다는 소리였다.

'반드시 때려낸다.'

박형수가 이를 갈았다. 하지만 그날 박형수는 단 하나의 타구도 제대로 날리지 못했다.

두 사람의 공동 훈련은 타격만이 아니었다. 영웅의 투구 연습 때 박형수가 공을 받아주는 역할을 했다.

그물에 던지는 것도 연습이 된다. 그래도 역시 미트를 목표로 던져야 더 도움이 됐다.

뻐억-!

"나이스! 아주 좋아!"

상대가 받아주면서 나는 소리, 공에 대한 평가 등을 들을 수 있기 때문이다.

박형수의 입장에서도 좋은 훈련이었다. 메이저리그 톱클래스의 공을 직접 받을 수 있었으니 말이다.

훈련에 열을 올리는 사이.

스프링캠프가 보름 앞으로 다가왔다.

스프링캠프 전날.

두 사람이 비행기에 몸을 실었다.

최성재는 클리블랜드로 넘어가 박형수의 집을 해결하고 오기로 했다. 장기 거주할 호텔을 계약했지만 그 외의 처리할 일들도 필요했다.

"스프링캠프는 어떤 분위기냐?"

"둘로 나뉘어요. 메이저리그 로스터에 들기 위해서 눈에 띄려고 하는 부류가 있는데 주전급 선수들은 조금 여유로운 분위기예요."

"그렇구먼."

"형님은 첫해 로스터를 보장받았으니 페이스대로 하시면 될 거예요."

마지막까지 협상을 통해 로스터에 대한 보장을 받아낸 박형수다.

마이너리그 강등 거부권 같은 옵션은 넣지 않았다.

그런 부분은 실력에 의해 결정되는 것이라며 말했던 그였다. 실제로 그것을 행동에 옮긴 것이다.

"참, 그리고 훈련이 정말 프리해요."

"그 이야기는 들었다. 오전이면 훈련이 다 끝난다면서? 그래가지고 훈련이 되나?”

“선수들의 자율에 맡기는 분위기예요.”

“에효, 그거에 또 적응하는 것도 문제다, 문제야.”

그러면서 몸을 눕히는 박형수였다.

영웅도 창 밖을 바라봤다.

벌써 세 번째 시즌이었다. 작년에는 잊지 못할 시즌을 보냈지만 후회도 있었다. 그 부분들을 올해 또 보완해 나갈 것이다. 그러면서 작년의 기록을 뛰어넘는 게 올 시즌 목표였다.

스프링캠프가 열렸다.

벌써 세 번째 오는 캠프라 그런지 영웅은 꽤 익숙했다.

작년과 달라진 점이라면 호텔 직원이나 캠프 인근 주민들이 그를 대하는 태도가 달라졌다는 거다.

작년까지만 하더라도 신성 혹은 루키로 그를 대했다. 하지만 올해는 존경의 눈빛으로 그를 바라봤다.

알게 모르게 그를 챙겨주는 호텔 직원들의 모습에 기분이 좋았다.

변한 건 또 있었다.

바로 항상 같이 다니게 된 박형수였다.

메이저리그에는 다양한 인종이 온다. 미국인이 가장 많기는 하지만 전부라고는 할 수 없었다.

그러다 보니 간혹 한 팀에 같은 국적을 지닌 선수들이 있을 때도 있었다. 그럴 때는 서로에게 의지하는 모습을 쉽게 볼 수 있었다.

다른 선수들 역시 그것을 고깝게 생각하지 않았다. 자연스러운 일이었으니 말이다. 박형수는 영웅 덕분에 팀에 빠르게 흡수될 수 있었다.

알론조와는 조금 거리가 있는 듯했지만 말이다.

어쩔 수 없는 일이었다. 모든 사람이 아담 윌슨처럼 쿨할 수는 없었다. 어쩌면 알론조 같은 반응이 더 많을 것이다.

그렇다고 충돌이 있거나 하지 않았다. 아예 마주치지 않으려 할 뿐이었다. 마주쳐도 무시를 하거나 말이다.

그런 점을 제외하고는 캠프는 조용하게 흘러갔다.

"강! 오늘부터 피칭을 하도록 하지."

"알겠습니다."

50대 중반의 백인 남자의 부름에 영웅이 고개를 끄덕였다.

그는 인디언스의 새로운 사령탑인 도널드 밀러였다. 투수 출신으로 선발과 중계를 오갔으며 인상적인 성적을 올리진 못했다.

하지만 감독으로서는 달랐다.

월드시리즈 우승 한 번을 포함해 수많은 지구 우승과 유망한 투수들을 만들어냈었다. 무엇보다 단기전에 강하다는 평가를 받았다.

인디언스가 올 시즌 월드시리즈 우승을 목표하겠다는 공언을 하고 다니는 이유가 여기에 있었다.

1선발부터 5선발까지.

10승 이상의 투수들로 로테이션을 꾸려 지구 우승을 노린 뒤, 단기전에 강한 도널드 밀러 감독을 영입하면서 포스트시즌까지 염두에 둔 영입전을 펼친 것이다.

많은 언론에서도 별다른 이슈가 없다면 인디언스는 강력한 월드시리즈 우승 후보 중 하나라는 평가를 내렸다.

팡-!

팡-!

불펜에서 경쾌한 소리가 들려왔다.

도널드 밀러는 영웅의 피칭을 신중하게 지켜봤다.

"풀 와인드업은 지금 가능한가?"

"예, 무리는 없습니다."

"한번 해보게."

고개를 끄덕인 영웅이 풀 와인드업을 했다.

상체를 비트는 트위스트에 이어 강하게 공을 뿌렸다.

뻐억-!

미트에 꽂히는 소리부터 달라졌다.

"좋군. 상체를 비트면서 공을 숨기는 효과까지 있다더니, 확실히 공을 숨기고 있어."

영웅의 트위스트 투구법은 이미 많은 사람에 의해 연구가 됐다.

그러다 보니 장점도 확실히 알려져 있었다.

"다음은 변화구를 보도록 하지."

도널드 밀러는 다양한 주문을 했다.

시즌을 구상하려면 많은 정보가 필요했기 때문이다.

2장
인디언스의 목표

영웅만이 아니었다.

레일리, 배터, 밀러, 그리고 놀란까지.

그 외에도 마이너리그 투수들이나 초청을 받은 투수들까지 모두 점검을 했다.

'부지런한 감독님이네.'

오커닐 감독도 직접 보긴 했지만 마이너리그 투수들까지 체크하는 경우는 거의 없었다.

'저런 스타일도 있는 거겠지.'

영웅은 대수롭지 않게 생각했다.

밀러 감독은 이후에도 각 포지션의 선수들의 연습을 보면서 무언가를 열심히 적어갔다.

며칠 뒤.

영웅은 박형수와 함께 그라운드의 한쪽에 마련된 의자에 앉아 있었다.

그의 앞에는 카메라가 준비되고 있었다.

스태프들도 바쁘게 움직였다. 그리고 한쪽에서는 메이크업을 수정하고 있는 유은하 아나운서가 보였다.

"은하야, 적당히 찍어 발라라. 안 그래도 충분히 예쁘구만."

"침이나 바르고 거짓말해!"

"끌끌."

두 사람은 꽤 친분이 있었다.

유은하 아나운서는 야구계에서 마당발로 통했다.

외모나 스스로 노력하는 모습 등 여러 점에서 야구계에서 좋은 평가를 받고 있었다.

최근에는 3대 야구 여신 중 하나로 불리면서 야구팬들 사이에서도 인기가 높아지고 있었다.

"설마 너희 둘이 한 팀에서 뛰게 되는 모습을 볼 줄이야."

영웅의 시선이 왼쪽으로 향했다.

거기에는 박태원 위원이 있었다.

한국 야구계 레전드이자 1세대 한국인 메이저리거 중 한 명이었다.

"선배님, 오랜만입니다!"

"그래."

"안녕하세요."

영웅도 박태원과는 안면이 있었다.

작년 시즌 스프링캠프 때 박태원과 유은하 아나운서가 진행하는 특별 프로그램에 출연했던 적이 있었다.

올해 역시 비슷한 프로그램이었다.

달라진 게 있다면 올해는 인디언스에 대한 분량이 대폭 늘어났다는 것이다.

당연한 일이었다. 한국에서 가장 영향력 있는 투수와 타자가 동시에 한 팀에서 뛰는 일은 없었다. 그 일이 벌어졌으니 한국의 야구팬들이 열광하는 건 당연했다.

관심도가 높은 팀에 대한 분량이 늘리는 건 방송국으로서 당연히 해야 될 일이었다.

"시즌 준비들은 잘하고 있지?"

"물론입니다."

"잘 진행되고 있습니다."

"언제나 부상들 조심하고."

"예!"

잠깐의 대화를 나누는 사이.

메이크업 정리가 끝났는지 유은하가 자리에 앉았다.

"영웅 씨, 오랜만이에요."

생긋 웃는 그녀의 모습에 영웅이 고개를 끄덕였다.

"자, 촬영 시작하겠습니다."

PD의 외침과 함께 곧 촬영이 시작됐다.

그날 밤.

도널드 밀러 감독의 방에서 스태프 회의가 열렸다.

인원이 모두 모이자 밀러 감독이 한 장의 종이를 내밀었다.

"올 시즌 투수 로테이션입니다. 별다른 이슈가 없다면 이 상태로 가겠습니다."

종이에는 투수들의 이름이 적혀 있었다.

언론의 예상과 달라진 건 없었다.

강영웅과 스티븐 레일리가 원투펀치를 형성했다.

이후 나머지 세 투수가 각자의 자리를 지켰다.

"셋업맨은 잭슨 선수가, 마무리에는 아담 윌슨이 지키는 걸 기본 베이스로 가지만 상황에 따라서는 잭슨 선수를 마무리로 올릴 수도 있습니다."

"예."

잭슨은 구단에서도 많은 기대를 받고 있었다.

작년, 시즌 후반 팀에 돌아오면서 압도적인 모습을 보여주었으니 말이다.

"타선은 다양하게 시도를 해볼 생각입니다. 특히 박형수에 대한 테스트가 필요합니다."

"알겠습니다."

"올 시즌 우리의 목표는 월드시리즈 우승입니다. 그것을 위해 끝없이 달릴 생각입니다. 잘들 따라와 주시길 바랍니다."

"예!"

회의가 한창 열리던 때와 같은 시간.

영웅은 호텔 인근의 한 식당에 앉아 있었다. 촬영을 같이 했던 박태원과 PD가 식사나 같이 하자는 요청을 했기 때문이다.

식사 자리에는 유은하 아나운서와 박형수도 같이했다.

촬영 뒤풀이나 마찬가지인 자리.

분위기는 화기애애했다. 분위기메이커인 박형수가 있었고 유은하가 분위기를 맞추면서 좋은 분위기가 이어졌다.

식사가 끝나고 이어진 술자리에서 PD가 먼저 자리에서 일어났다. 가기 전에 영웅의 사인을 여러 장 받아 가는 것도 잊지 않았다.

PD가 빠지자 박태원과 박형수의 대화로 이어졌다.

영웅은 워낙 잘하고 있으니 그가 해줄 말이 거의 없었다. 대화는 점점 가르침 분위기로 갔다. 상황을 보던 영웅은 자리에서 일어났다. 화장실을 가기 위함이었다.

볼일을 본 뒤 다시 들어가려던 영웅은 문 앞에서 유은하를 만났다.

"이야기가 점점 진지해지고 있어요."

문틈을 통해 안의 상황을 볼 수 있었다. 마치 세상의 고뇌를 전부 떠안고 있는 사람들처럼 두 사람의 대화는 무척 진지했다.

"그러네요."

영웅은 밖으로 나갔다. 실내에만 있다 보니 답답해 바람을 쐴 목적이었다.

그의 뒤를 유은하가 따랐다.

"후아."

바람을 맞으니 답답함이 사라졌다.

"곧 시즌이네요."

유은하의 말에 고개를 끄덕였다. 캠프는 앞으로 보름이면 모든 일정이 끝난다. 기대가 됐고 설렜다.

"새 시즌에도 힘내세요!"

미소를 지으며 응원을 해주는 그녀의 모습에 영웅이 미소를 지었다.

"네."

올 시즌.

D-스포츠 채널은 인디언스 구단의 시범 경기를 모두 중계하기로 결정했다.

그만큼 사람들의 관심이 높다는 의미였다.

"20구. 오늘은 그것만 던질 거네."

"알겠습니다."

연습 경기다. 굳이 전력을 다할 이유가 없었다. 3년 차가 된 영웅도 그 정도는 알고 있었다.

'초구, 패스트볼.'

와인드업을 한 영웅이 70퍼센트의 힘으로 공을 뿌렸다.

쐐애액-!

뻑-!

"스트라이크!!"

구심의 손이 올라갔다.

삼자범퇴. 전력은 아니었지만 마이너리그 선수들이 칠 정도의 공은 아니었다.

20개의 공을 던지면서 잡은 아웃 카운트는 총 4개였다.

"작년 데이터와 달라진 점은 거의 없습니다. 제구력도 괜찮고 구속은 작년 첫 번째 실전 투구와 비교했을 때 거의 차이가 없습니다."

새로운 투수 코치 피터슨이 보고를 올렸다.

감독이 교체되면 코칭스태프 역시 교체되는 게 통상적이었다.

"확실히 좋은 투수군."

"예, 작년 데이터를 봤을 때 시범 경기가 지나면 원래의 컨디션으로 돌아올 것으로 보입니다."

밀러가 고개를 끄덕였다.

밀러는 신중하게 선수들을 살폈다.

언론에서는 매일 시즌 우승에 대해 떠들고 있었다. 압박이 될 수밖에 없었다. 구단이 조용한 것도 묘한 압박이었다.

'대놓고 우승을 요구하면 마음이라도 편하겠는데.'

그러지 않았다. 구단주와 세 번을 만났지만 그때마다 열심히 해달라는 말을 할 뿐이었다.

'그게 영 짜증 난단 말이지.'

속을 숨기는 녀석은 성격상 맞지 않았다. 덕분에 스트레스가 늘어났지만, 좋은 투수를 보니 기분이 좋은 것도 있었다.

딱-!

"오~ 좋은 타구."

그때 타석에 있던 박형수가 장타를 때려냈다. 좌중간을 가르는 2루타성 코스였다.

"오늘 벌써 멀티히트인데?"

"두 개 모두 장타잖아?"

선수들의 이야기대로였다.

박형수의 컨디션은 좋아 보였다. 비록 연습 경기지만 첫 메이저리그 경기인데도 제대로 스윙을 하고 있었다.

'제대로 영입을 한 거 같군.'

이번 영입전에는 밀러의 의견도 포함되어 있었다.

특히 박형수는 그의 작품이라 해도 모자를 정도로 강력하게 어필을 했다.

'포수는 언제든지 부상을 입을 수 있다. 페르나를 제외한 나머지 포수들은 그저 공만 받을 수 있는 놈들뿐. 제대로 된 백업 포수가 필요했다.'

당분간 1루수로 뛰겠지만 그의 역할은 백업 포수였다.

'이번 시범 경기에서 구상을 끝낸다.'

밀러의 눈이 세심하게 선수들의 상태를 체크했다.

숙소에서 영웅은 인터넷을 보고 있었다.

평소에 스마트폰을 멀리 하긴 하지만 혼자 있을 때는 아무래도 손에서 뗄 수 없었다.

포털에 들어가 기사를 확인했다.

해외 야구에 들어가자 메인에 자신의 사진이 걸려 있었다. 옆으로는 기사의 제목들이 보였다.

[새로운 시즌을 준비하는 에이스 강영웅]
[사이영 상 수상자 강영웅은 과연 어떤 시즌을 보낼 것인가?]
[우승을 노리는 인디언스? 키는 강영웅이 쥐고 있다!]
[강영웅의 투구 폼, 과연 괜찮은가?]

마지막 기사가 눈에 띄었다.

[메이저리그에 데뷔한 이후 강영웅의 투구 폼은 언제나 논란의 대상이었다.

결과부터 말하면 많은 의사는 일반적인 경우 트위스트(강영웅의 투구 폼) 투구 폼은 추천하지 않는다고 말했다. 선수에 따라 다르지만 이 방법은 척추에 무리를 주고 상체 근육을 훼손시킬 수 있기 때문이라는 설명을 했다.

하지만 강영웅은 이 투구 폼으로 이미 500이닝에 가까운 공을 던졌다. 그럼에도 큰 부상은 없었다.(작년 한 번의 부상은 손가락 물집이었다.)

이런 부분 때문에 강영웅의 신체 조건이 타고난 것이 아닌가 하는 것이 의사들의 의견이었다.]

영웅은 뒤로가기를 눌렀다.
"지금까지 나왔던 기사들과 같네."

이런 기사는 하루 이틀 일이 아니었다.

그의 투구 폼은 현대 야구에 있어서 매우 특이한 폼이었다. 특별하기에 사람들은 열광했다.

반대로 의사들은 그의 투구 폼에 부정적인 의견을 내놓았다.

야구는 과학과 함께 발전한 스포츠다. 그렇기에 그들의 의견을 부정하거나 비난할 수 없었다.

문제는 기사들이 나오면서 일반 팬들 역시 의견을 내놓기 시작하면서부터. 사람들은 그저 자신의 의견을 댓글로 남긴다. 인터넷이니까 조금 더 강하게 의견을 표현한다.

하지만 당사자에게는 그것이 비수가 되어 날아온다. 그래서 프로 선수들에게 댓글을 보지 말라고 하는 구단들도 있었다.

메이저리그에는 그런 게 없지만 말이다.

막상 시킨다 해도 듣는 선수는 많지 않았다.

호기심 때문이었다.

영웅도 댓글을 확인했다.

의미 없는 비난을 하는 사람들도 있었고 묘하게 설득력 있는 댓글을 쓴 사람도 있었다.

덕분에 영웅의 불안은 가중됐었다. 그때부터 건강검진을 받기 시작했다. 상태를 체크하고 부상의 위험을 미연에 방지하기 위함이었다.

다행히 지금까지 별다른 부상이 없었다. 의학적으로 문제가 없었기에 큰 동요를 하지 않을 수 있었다. 하지만 신경이 가는 건 사실이었다.

'바꾸진 않겠지만.'

영웅의 투구 폼은 잭에게서 온 것이다.

딱히 가르쳐 준 건 아니었다. 그저 영웅이 처음으로 본 것이 잭의 투구 폼이었다. 그래서 그것을 베이스로 연습을 했다. 현실에서 투구 폼을 손대려고 했던 사람은 많았다.

하지만 꿈의 그라운드는 아니었다.

영웅은 후자를 택했다. 지금에 와서도 트위스트를 고집하는 건 한 가지 이유였다. 잭과의 연결 고리라 생각하기 때문이다.

다른 것들은 자신과 잭 두 사람의 것만이라 할 수 없었다.

현실에서도 그것들은 이론으로 알려져 있었다. 그게 정상이든 비정상이든 말이다.

하지만 트위스트만은 잭과 영웅 두 사람만의 것이었다.

그 사실을 아는 건 영웅밖에 없었다.

트위스트가 특별한 이유였다.

"이제 곧 시즌이다."

다른 기사를 확인했다.

거기에는 시범 경기 동안 영웅과 박형수, 그리고 다른 메이저리거들의 기록이 상세히 담겨 있었다.

그리고 코멘트까지.

"이번 시즌에는……."

새 시즌을 기대하며 영웅은 잠에 들었다.

스프링캠프가 끝났다.

비행기를 타고 클리블랜드 집에 도착한 영웅은 오랜만에 엄마, 누나와 조우를 했다.

"다녀왔습니다!"

"왔나?"

"고생했다."

집에 돌아왔을 때 누군가 반겨준다는 건 즐거운 일이었다. 짐을 풀고 샤워를 했다.

편하게 오긴 했지만 여독이 남았는지 따뜻한 물에 몸을 담갔다. 여독이 풀리면서 몸이 나른해졌다.

"하…… 좋다."

고급 호텔에 머물고 매일 뷔페를 먹어도 역시 집이 최고였다.

벌써 이런 감정을 느끼는 건 빠를 수도 있었다.

하지만 사실인 걸 어쩌겠는가?

다소 긴 목욕을 끝내고 밖으로 나왔다. 집 안에는 음식 냄새가 진동을 하고 있었다.

"나왔어?"

주방으로 가니 한혜선이 음식을 만들고 있었다. 하나같이 영웅이 좋아하는 음식들이었다.

곧 음식 세팅이 끝나고 각자 자리에 앉았다.

"잘 먹겠습니다!!"

"맛있게 먹으렴."

엄마의 미소와 함께 식사가 시작됐다. 오랜만에 먹는 집 밥이라 그런지 술술 들어갔다.

"갈비 진짜 맛있다!"

"이거 한우다?"

수정의 말에 눈이 커졌다.

여기는 미국이다. 한국 소를 구하긴 쉬운 일이 아니다. 물론 인터넷과 물류업이 발달해서 마음만 먹으면 못 구할 것도 없었다. 그렇다 해도 수고스러움이 덜어지는 건 아니었다.

"게다가 이 곰국도 한우 사골로 우려낸 거야. 엄마가 이거 만들려고 며칠 전부터 잠도 제대로 못 잤다니까?"

"엄마……."

"얘도 참! 별 이야기를 다 한다. 신경 쓰지 말고 맛있게 먹어."

"옙!"

다시 식사가 시작됐다.

[오빠, 오늘 개막전 힘내요!]

점심시간.

예린에게서 톡이 왔다.

그녀의 말처럼 오늘은 개막전이었다.

인디언스의 개막전 선발은 2년 연속 영웅의 차지였다.

이미 프로그레시브 필드는 매진이 됐다. 올 시즌 인디언스 팬들의 기대감은 하늘을 찔렀다. 공격적인 영입과 사령탑의 교체, 그리고 작년 사이영 상을 수상한 영웅의 존재까지.

인디언스가 대권에 도전할 수 있는 조건이 만들어졌기 때문이다.

그 시작점이 오늘 개막전이었다.

[고마워!!]

답장을 보내고 스마트폰을 라커룸에 집어넣었다.

그때 구단 직원이 다가왔다.

"강! 한국에서 온 프로그램 관계자가 이것 좀 전해 달라고 하더군."

"고마워요."

상자를 남기고 직원은 사라졌다.

"은하 씨가 준 거네."

상자를 묶은 끈 사이로 작은 편지가 들어 있었다.

편지를 먼저 확인했다.

[로즈마리 허브티예요. 집중력을 높여주는 효과가 있어요. 개막전 힘내세요!!]

상자를 열자 팩으로 담긴 로즈마리 티가 담겨 있었다.

이렇게 챙겨주니 고마웠다.

영웅은 다시 스마트폰을 꺼내 유은하에게 전화를 걸었다.

미국에 있다는 걸 알기에 망설임이 없었다.

―여보세요?

"아, 은하 씨. 방금 차 받았어요."

―아~ 받았어요?

"네, 직접 주셔도 되는데. 잘 마실게요!"

―에이, 선발 뛰는 날에는 원래 정신 집중 하느라 날카롭

잖아요. 그리고 별거 아니니까 너무 부담 갖지 말아요.

"네, 고맙습니다!"

―개막전 힘내세요. 편하게 던지시구요!

"네."

짧은 통화가 끝났다.

영웅은 티 하나를 타서 마셨다.

향기를 맡자 차분해지는 게 느껴졌다.

"좋네."

영웅의 입가에 미소가 그려졌다.

[야구팬 여러분 안녕하십니까? 클리블랜드 프로그레시브 필드에서 생중계로 여러분과 만나게 됐습니다. 저는 캐스터 김대수입니다. 옆에는 해설 위원 박태원 위원님 나오셨습니다. 안녕하십니까?]

[반갑습니다.]

[오늘 클리블랜드 인디언스는 디트로이트 타이거즈를 상대로 홈에서 개막전을 펼치게 됐습니다. 선발 투수로는 에이스 강영웅 선수가 올라옵니다. 위원님, 오늘 경기 어떻게 보십니까?]

[강영웅 선수가 등판하는 만큼 인디언스의 타격이 얼마나 타이거즈의 마운드를 공략할 수 있느냐가 승부의 관점으로 보입니다.]

영웅의 등판이다.

당연히 큰 점수가 나지 않는다.

사람들은 그렇게 생각하고 있었다.

[마운드의 강영웅 선수가 연습 투구를 끝냈습니다.]

마운드에서 내려가 손에 침을 묻힌 영웅은 바지에 손을 닦았다.

손에 침을 묻히는 건 여러 이유가 있다.

예전에는 공에 스핀을 조금 더 주기 위한 용도로 사용됐다. 하지만 스핀볼은 현재 금지됐다.

그럼에도 투수들은 손끝에 침을 묻힌다.

이유는 바로 열 때문이었다.

투수들은 엄청난 속도로 실밥을 긁으면서 공을 던진다. 그 마찰로 인해 손끝이 뜨거워질 수밖에 없었다. 침은 그 열을 식히는 용도가 있었다.

메이저리그에서는 마운드 위에서 침을 묻혀서는 안 되기에 영웅이 마운드를 내려왔던 것이다.

3루수가 던져 주는 공을 받은 영웅이 마운드에 섰다.

[오늘 강영웅 선수와 호흡을 맞출 포수는 인디언스의 주전 포수 페르나 선수입니다. 아쉽게도 박형수 선수는 오늘 개막 전에는 선발로 나서지 못하게 됐습니다.]

박형수는 벤치 대기였다.

시범 경기에서 충분한 기회를 받았고 나름 가능성도 보여 주었다.

홈런도 기록했다. 하지만 타율이 높지 않았다. 무엇보다 강속구 투수의 변화구에 제대로 대응하지 못했다.

오늘 상대는 타이거즈의 에이스 제이크 러셀이었다.

작년, 영웅이 아니었다면 아메리칸리그사이영 상을 탔을 선수다. 선발임에도 100마일 이상의 공을 던진다. 강속구에 약한 박형수를 내보내기에는 무리가 있었다.

'스타트가 좋아야 시즌이 잘 이어진다. 오늘 경기는 무조건 잡아야 돼.'

개막전의 중요성은 몇 번을 강조해도 부족하다.

특히 밀러 감독의 공식전 첫 경기였다. 어떻게든 잡고 싶은 욕심이 있었다.

팡-!

"스트라이크!!"

영웅이 초구를 던졌다. 바깥쪽 낮은 코스를 통과하는 포심 패스트볼이었다.

구속은 95마일.

경기가 시작됐다.

팡-!

"스트라이크!"

[2구, 헛스윙입니다.]

[슬라이더의 떨어지는 각이 좋았습니다.]

뻐억-!

"스트라이크!! 아웃!"

[삼구삼진!! 날카롭게 몸 쪽을 찌릅니다!]

[타자의 허를 찔렀어요. 변화구를 생각한 듯 아예 배트를 내지 못합니다.]

[시작이 좋습니다!]

두 번째 타자가 타석에 섰다.

손끝에 로진을 묻힌 영웅이 사인을 받고 와인드업을 했다.

뻐억-!

"스트라이크!!"

[초구부터 공격적인 스윙이 나옵니다. 하지만 배터리는 변화구를 택했네요.]

딱-!

"파울!"

[2구, 파울입니다. 배트가 밀리는 게 확연히 보이네요.]

[점점 구속이 올라오고 있네요.]

페르나의 손가락이 빠르게 움직였다.

'고속 슬라이더. 몸 쪽으로 붙여.'

영웅이 고개를 끄덕였다.

상체를 세우고 타자를 확인했다.

좌타자가 홈플레이트에 멀리 떨어져 있었다. 그러면서 발은 클로즈드 스탠스였다. 몸 쪽을 노리면서 바깥쪽에도 대처하겠다는 게 느껴졌다.

페르나는 그걸 역으로 찌를 생각이었다.

이해를 한 영웅이 와인드업 포지션에 들어갔다. 글러브 안에 있는 공을 만지며 손끝의 감각을 극대화시켰다.

"후우⋯⋯."

가볍게 숨을 내뱉으며 다리를 차올렸다.

상체를 비틀었다.

뒤이어 다리를 내디디며 비틀린 상체를 풀었다.

하체부터 시작된 힘의 전달이 손끝으로 이어졌다.

실밥의 감촉이 생생하게 느껴졌다.

영웅은 그 감촉을 느끼며 공을 뿌렸다.

쐐애애액-!

스트라이크존 가운데로 날아오는 공에 타자의 눈이 빛났다.

'실투!'

후웅-!

동시에 스윙이 시작됐다.

간결한 궤적을 그린 배트가 공을 때리려는 그 순간.

공의 궤적이 변화했다. 뱀처럼 휘어서 몸 쪽을 파고들었다. 단순히 횡으로 변하는 것만이 아니었다. 동시에 종으로 떨어지면서 배트의 스윙 궤적을 피해서 들어갔다. 게다가 속도도 빨랐다. 타이밍을 뺏긴 타자의 배트가 칠 수 없는 공이었다.

뻑-!

"스트라이크!! 아웃!"

[두 타자 연속 삼구삼진! 88마일의 빠른 슬라이더로 타자의 헛스윙을 이끌어 냅니다!]

[공이 홈플레이트에 도달한 뒤에야 변화가 시작됐어요. 타

자가 대응하기엔 무리였습니다.]

세 번째 타자가 타석에 섰다.

작년 타이거즈에서 가장 많은 홈런을 때렸던 카를로스다.

30-30을 기록하며 커리어하이 시즌을 보낸 카를로스는 모든 투수에게 위험한 타자였다.

하지만 영웅의 투구에는 거침이 없었다.

뻑-!

"스트라이크!!"

[빠른 공이 존을 통과합니다! 구속은 97마일!]

점점 구속이 오르고 있었다. 공의 구위 역시 처음 던졌던 공보다 강력해졌다.

뻑-!

"스트라이크!!"

[헛스윙입니다! 떨어지는 슬라이더에 타자의 배트가 헛돕니다.]

[세 명의 타자에게 모두 유리한 카운트를 선점하고 있어요. 앞서 두 명의 타자에게는 바로 승부가 들어갔는데 세 번째는 어떤 선택을 할지 궁금합니다.]

타자의 머리도 복잡했다.

'이번에는 유인구를 던지겠지?'

정석대로라면 그렇다.

하지만 앞서 두 번은 모두 정석을 벗어났다.

그렇다면 승부를 할까?

아니다.

두 번이나 승부를 걸었는데 세 번째도 승부를 걸겠는가?

'제길……'

머리가 복잡해졌다. 하나를 선택하기 어려워졌다.

그때 영웅이 와인드업을 했다. 상체를 비튼 탓에 공이 보이지 않았다. 회전까지 하니 릴리스 포인트를 잡기 어려웠다. 그의 가슴팍이 보이는 순간 공도 같이 모습을 드러냈다.

쐐애액-!

그리고 공이 날아왔다.

90마일 후반의 공은 보고 때려서는 늦는다. 그렇기 때문에 여기서 스윙에 스타트가 걸려야 했다.

평소 카를로스라면 그랬을 것이다. 그러나 지금은 망설임이 있었다. 자연스레 스윙의 스타트가 늦었다.

그래 봤자 0.X초에 불과했다. 그래도 찰나의 순간이라 할 수 있지만 야구에서는 치명적이었다.

뻐억-!

[배트 돌았습니다! 하이 패스트볼에 허무하게 방망이가 돕니다! 세 타자 연속 삼구삼진! 퍼펙트 피칭을 보여주는 강영웅 선수입니다!]

마지막 공의 구속은 99마일이 찍혔다.

작년 영웅의 최고 구속이었다.

3장
압도적인 기량

예상대로 경기는 투수전이 되었다.

양 팀의 에이스는 상대의 타자들을 잡아먹을 듯 피칭을 이어갔다.

타이거즈의 제이크 러셀 역시 강력한 구위를 선보였다.

최고 구속 101마일의 포심 패스트볼을 던지며 인디언스 타선을 속수무책으로 돌려세웠다.

딱–!

[평범한 그라운드 볼을 2루수가 안정적으로 잡습니다. 그리고 1루에 송구! 쓰리 아웃입니다. 3회 말 역시 삼자범퇴로 이닝을 마무리 짓는 제이크 러셀입니다.]

[각 팀의 에이스답게 두 선수는 수준 높은 투수전을 보여주고 있습니다. 이제 타자들이 어떻게 투수들을 공략할지가 중요합니다.]

[다음 이닝에서 타순이 한 바퀴 돌게 됩니다. 이제부터가 중요하겠죠?]

[맞습니다.]

4회 초.

1번 타자가 다시 타석에 섰다.

한 경기에서 투수가 가장 조심해야 될 때였다. 아무리 빠른 공이라도 한 번 경험하면 익숙해진다. 그래서 잘 던지던 투수가 첫 안타를 맞을 때가 바로 한 타순이 돌았을 때다.

그 사실을 영웅과 페르나 배터리도 잘 알고 있었다.

'집중하자, 집중!'

영웅이 할 수 있는 일은 그게 전부였다.

공 하나하나에 집중하는 일. 실투를 보이는 순간 큰 것이 나올 수도 있기 때문이다. 와인드업을 한 영웅이 집중해서 초구를 뿌렸다.

딱-!

[때렸습니다! 하지만 3루 쪽 관중석에 떨어집니다. 파울!]

[타이밍이 약간 빨랐지만 오늘 경기에서 가장 잘 맞은 타구입니다.]

뻑-!

"볼!"

[떨어지는 슬라이더에 배트 나오지 않습니다. 강영웅 선수 오늘 7개의 탈삼진을 잡았는데 좀 슬라이더로 3개의 삼진을 잡아냈습니다.]

딱–!

"파울!"

[3구! 다시 파울이 됩니다.]

[낮은 코스에 잘 들어간 공임에도 타자의 배트가 잘 따라왔습니다.]

감을 잡았다.

영웅과 페르나는 그것을 깨달았다. 타자의 배트가 유인구에는 나오지 않고 좋은 코스로 들어간 공도 쳐 낸다.

이럴 때 선택할 수 있는 건 두 가지다.

페르나의 손가락이 빠르게 움직였다. 사인을 받은 영웅도 고개를 끄덕였다.

[강영웅 선수, 와인드업 합니다.]

상체를 회전시킨 영웅이 높은 타점에서 공을 뿌렸다.

영웅의 키는 193㎝.

투수들 중에서도 큰 키에 속한다. 거기에 오버핸드로 던지기 때문에 공을 놓는 위치가 높았다.

쐐애애액–!

공이 빠른 속도로 떨어졌다.

몸 쪽을 파고드는 공에 타자의 발이 오픈스탠스로 벌어졌다.

체중 이동을 하며 허리를 돌렸다.

뒤이어 상체를 돌리며 동시에 배트를 회전시켰다.

후웅–!

메이저리그에서는 1번 타자라도 언제든지 홈런을 때려낼 수 있다.

그 사실을 증명하듯 배트에는 강한 힘이 담겨 있었다.

'어?'

그때 공이 밑으로 뚝 떨어졌다. 워낙 급격한 변화였기에 배트의 궤적을 바꿀 수도 없었다.

후웅-!

배트가 헛돌았다.

퍽-!

공은 페르나의 미트에 빨려들어 갔다.

"스트라이크!! 아우우웃!"

[삼진!! 스플리터로 8개째 탈삼진을 잡아내는 강영웅 선수입니다!]

[오늘 첫 스플리터로군요.]

오늘 영웅의 투구 수는 방금 전 공을 제외하고 43개. 그중에 스플리터는 단 하나도 없었다.

즉, 오늘 처음 보여주었던 공이란 소리였다.

데이터에는 있었다.

하지만 올 시즌 처음 보는 공을 제대로 칠 수 없었다. 두 번째 타자 역시 나름 영웅의 공을 공략했다.

그러나 영웅이 한 수 위였다.

뻐억-!

[삼진입니다!! 98마일의 빠른 공이 존 한복판을 통과합니다!]

[변화구 타이밍이었기에 타자는 그냥 기다렸습니다. 하지만 강영웅 선수는 여기서 허를 찔러 존 한복판의 공을 던졌

어요! 대단한 배짱입니다!]

삼진 9개째.

두 자릿수까지 단 하나의 삼진을 남겨두었다.

타석에 다시 한번 카를로스가 들어섰다.

'이번에는 때린다.'

지금까지 11명의 타자가 1루 베이스를 밟지 못했다.

퍼펙트게임.

아직 이른 언급이지만 머리에 아른거렸다. 무엇보다 자존심이 상했다. 이 경기는 전미에 생중계되고 있었다. 즉, 타선이 침묵하는 걸 미국 어디에서나 볼 수 있다는 것이었다.

카를로스는 집중력을 끌어올렸다. 어떻게든 영웅의 공을 공략할 생각이었다.

하지만.

뻑—!

"스트라이크!!"

[초구, 99마일의 빠른 공이 미트에 꽂힙니다!]

[무릎 높이를 통과하는 아주 좋은 공이었어요.]

뻑—!

"스트라이크!! 투!"

[2구 역시 99마일이 찍혔습니다! 이번에는 하이 패스트볼에 배트 헛돕니다!]

'2구 역시 패스트볼이라니……'

아무런 변화가 없는 공들에 헛스윙을 했다. 카를로스의 얼굴이 일그러졌다. 타석에서 물러나 매섭게 스윙을 한 그가 타석에 다시 섰다.

'패스트볼을 노린다.'

오늘 경기에서 영웅은 포심 패스트볼을 가장 많이 던졌다. 그렇기에 그것을 노리는 건 좋은 선택이었다.

'몸 쪽은 버린다. 오늘 구심의 몸 쪽은 짜니까.'

스트라이크존은 구심에 따라 다르게 적용이 된다.

오늘은 몸 쪽이 매우 좁았다. 거의 잡아주지 않았다.

카를로스는 냉정하게 존까지 보고 있었다.

와인드업을 하는 영웅의 타이밍에 맞춰 카를로스도 스윙의 시동을 걸었다.

좌악ー!

영웅의 팔이 앞으로 나오는 순간 공이 뿌려졌다.

'몸 쪽!'

궤적을 확인한 카를로스가 스윙을 멈췄다.

한데 예상치 못한 일이 벌어졌다. 홈플레이트 부근에 도착한 공이 뱀처럼 움직이더니 존으로 휘어져 들어갔다.

'투심……'

"스트라이크!! 아웃!"

[스탠딩삼진! 몸 쪽을 날카롭게 찌르는 투심 패스트볼에 카를로스 선수 공을 멍하니 지켜봅니다!! 탈삼진 10개를 기록하는 강영웅 선수!]

새로운 시즌.

극강의 모습을 보여주는 영웅의 투구에 프로그레시브 필드의 팬들이 일제히 환호를 질렀다.

"강! 강! 강! 강!"

더그아웃으로 들어가는 그의 머리 위로 팬들의 박수와 응원이 쏟아졌다.

영웅이 지키는 인디언스의 마운드는 견고했다.

7회까지 탈삼진 16개를 잡아낸 영웅은 단 1개의 피안타를 허용했을 뿐 완벽한 피칭을 이어갔다.

특히 무사사구라는 점이 눈에 띄었다.

공격적인 피칭 덕분에 7회까지 던진 그의 투구 수는 고작 88개에 불과했다.

완봉까지 노려볼 수 있는 상황.

문제는 타격이었다. 제이크 러셀의 호투에 막혀 아직까지 3개의 안타밖에 쳐 내지 못했다. 득점권에 주자가 나간 적도 없었다.

'타격이 이렇게 막혀서야.'

도널드 밀러 감독은 답답함을 토로했다.

그나마 8회에도 영웅이 삼자범퇴로 이닝을 틀어막아 주면서 답답함을 어느 정도 풀어주었다.

그리고 기회가 찾아왔다.

딱-!

[빗맞은 타구! 낮게 뜬 타구가 애매한 코스로 날아갑니다! 중견수, 좌익수, 유격수! 모두 모입니다. 타구는 세 선수의

가운데에 떨어집니다! 텍사스 안타가 나옵니다!]

[노 아웃에 주자가 나가는 건 오늘 경기 처음이네요.]

[크리스 러셀 선수, 투구 수가 110개가 됐습니다. 이미 타이거즈의 불펜은 가동된 지 오래인데요. 아, 투수 코치가 올라옵니다.]

[교체를 하겠네요.]

에이스라지만 110개의 투구 수는 한계를 뜻했다.

개막전에서 더 이상 끌고 가는 건 무리였다.

결국 러셀이 마운드를 내려갔다. 도널드 밀러의 시선이 타이거즈의 불펜으로 향했다. 나온 선수는 장발을 흩날리는 투수였다.

'게리 콜!'

오른손 투수로 강속구보다는 기교파 투수였다.

다양한 변화구를 던지지만 속구 자체는 최고 구속이 90마일 초반이었다.

'승부다.'

도널드 밀러의 눈이 빛났다.

"박!"

그의 부름에 박형수가 씩 웃으며 방망이를 쥐었다.

[인디언스가 대타를 세웁니다. 박형수 선수가 타석으로 들어섭니다!]

형수는 대기 타석에서 가볍게 연습 스윙을 했다.

부앙-!

부앙-!

배트를 휘두를 때마다 굉장한 소리가 났다.

보는 이로 하여금 위압감이 들 정도로 큰 스윙이었다. 관중들은 볼 맛이 났지만 사실 좋은 스윙은 아니었다.

어깨에 힘이 들어가 있었기 때문이다.

"한국에서 온 녀석이야. 작년에 50개 이상의 홈런을 때렸다고 하니까 방심은 금물이다."

"어깨에 힘이 잔뜩 들어간 상태에서 스윙을 하는 놈이 50홈런이라니."

"어쨌든 만만한 놈은 아닐 거다."

"알았어."

포수가 돌아갔다. 홀로 남은 게리 콜은 로진을 묻히며 형수를 바라봤다.

'루키라고 하니 좀 데리고 놀아볼까?'

무사 1루의 상황.

하지만 게리 콜은 긴장하지 않았다. 이것보다 더 위급한 상황에서도 등판했던 경험이 많았기 때문이다. 그는 프로 경력만 12년인 백전노장이었다. 또한 능구렁이기도 했다. 어떻게 타자를 공략하면 되는지 잘 알았다.

특히 루키라면 신물이 날 정도로 상대를 했었다. 그들을 어떻게 요리해야 되는지 잘 알고 있었다.

'처음에는 겁 좀 줘볼까?'

"플레이볼!"

구심이 경기를 재개시켰다.

타석에 선 박형수는 잡아먹을 듯한 눈빛으로 게리 콜을 노려봤다.

'전투 모드로군.'

'몸 쪽 슬라이더.'

때마침 포수에게서도 좋은 사인이 나왔다. 고개를 끄덕인 게리 콜이 세트포지션에 들어갔다.

'뛸 생각은 없군.'

주자의 리드 폭이 넓지 않았다. 덕분에 타자에게만 신경을 쓸 수 있었다.

'어디 얼마나 배짱이 있나 볼까?'

탁-!

다리를 내디딘 콜이 공을 뿌렸다.

쐐애액-!

코스는 포수가 원하는 대로 몸 쪽으로 날아왔다.

한데 변화가 없었다.

'이런!'

박형수가 상체를 뒤로 젖혔다. 급격한 움직임에 균형이 무너지면서 뒷걸음질을 쳤다.

퍽-!

"볼!"

[초구 볼입니다. 다소 위험한 공이 들어왔네요.]

[구속으로 봐서는 변화구를 던진 거 같은데 손에서 빠진 것으로 보입니다.]

외부에서 봤을 땐 그렇게 보였을 거다.

하지만 당사자는 다르게 느끼고 있었다. 박형수의 눈빛이 콜을 죽일 듯 노려봤다.

'끌끌, 흥분했군.'

그게 콜이 원했던 부분이다.

흥분을 한 타자는 변화구로 쉽게 요리할 수 있다.

그게 루키라면?

식은 죽 먹기나 다름없었다.

'어디 데리고 놀아볼까.'

[게리 콜, 2구 던집니다.]

후웅—!

"스트라이크."

[낙폭이 큰 커브에 헛스윙이 나옵니다.]

[스윙이 너무 큽니다. 한 방이 필요한 때는 맞지만 조금 더 정확하게 스윙을 가져가야 됩니다.]

스윙을 본 콜은 더 확신을 가졌다.

녀석은 흥분했다.

'더블플레이를 노려볼까.'

포수도 같은 생각이었다.

'바깥쪽 싱커.'

고개를 끄덕였다.

콜은 평상시 사이드 암으로 공을 던진다.

하지만 싱커를 던질 때는 스리쿼터의 위치에서 던졌다.

싱킹 패스트볼은 횡보다는 종의 변화가 더 심하다.

팔을 스리쿼터로 올리게 되면 큰 각도의 변화가 생기면서 타자를 현혹하기에 쉬웠다.

물론 어려운 일이다.

사이드암에서 스리쿼터로 팔의 위치를 변경하게 되면 릴리스 포인트가 바뀌게 된다.

콜은 그것을 해냈고 더 오래 빅 리그에서 살아남을 수 있게 된 것이다.

즉, 싱커는 그의 주 무기라고 할 수 있었다.

'그라운드볼이나 때려라!'

쐐애액-!

공이 바깥쪽 코스를 향해 빠르게 날아왔다.

박형수가 다리를 내디디며 스윙의 스타트를 걸었다.

'걸렸어!'

포수는 눈앞을 지나가는 배트에 속으로 쾌재를 불렀다.

지금 타이밍이면 빗맞힐 게 분명했다.

'어?'

그때 이상한 점이 눈에 들어왔다.

지금쯤이면 스윙이 절반쯤 진행됐어야 했다. 한데 아직까지 배트가 등 뒤에서 나오지 않고 있었다.

반면에 상체는 절반쯤 돌아간 상황.

'설마……!'

힘을 집중시키고 있었다.

그러면서 왼쪽 무릎이 바깥쪽으로 이동을 했다.

공의 궤적을 정확히 따라갔다.

후웅-!

그리고 모든 힘을 한 번에 방출했다. 강한 파워가 실린 배트가 바람을 가르며 매섭게 돌아갔다.

따악-!

경쾌한 소리가 그라운드에 울렸다.

팔로우 스로까지 끝낸 박형수는 그대로 배트를 던졌다.

그리고 천천히 1루로 내달렸다.

[밀어친 타구가 멀리 날아갑니다.]

[커요!]

[우익수, 점점 뒤로 물러나네요. 하지만 곧 담장에 막힙니다! 타구는……!]

화면 속의 타구는 그대로 관중석에 떨어졌다.

[홈런입니다! 메이저리그 첫 타석에서 투런포를 터뜨리는 박형수 선수입니다!! 아…… 그런데 현지 언론에서 배트 플립에 대해 이야기를 하네요.]

화면이 바뀌고 타격 장면이 나왔다.

배트를 던지는 박형수의 모습이 슬로우가 걸려 플레이됐다.

[메이저리그에서 배트 플립은 금지 아닙니까?]

[규정에는 없지만 선수들 사이의 불문율입니다. 그 사실을 모를 박형수 선수가 아닌데요.]

의외인 건 또 있었다.

베이스를 도는 박형수에게 내야수들이 별말을 하지 않는 부분이었다.

그들 역시 알고 있었다.

게리 콜의 초구가 무엇을 의미하는지 말이다.

그랬기에 박형수는 무사히 홈으로 돌아올 수 있었다.

홈플레이트를 밟은 그가 힐끔 콜을 쳐다봤다. 마운드로 올라오는 투수 코치에게 공을 건네는 그를 보며 콧방귀를 크게 뀌었다.

'능구렁이를 낚는 방법은 여러 가지가 있지.'

박형수는 여러 가지 함정을 파뒀다.

어깨에 힘이 들어가는 연습 스윙도 그중에 하나였다.

몸 쪽으로 날아오는 공 역시 상체만 돌리면서 피할 수 있었는데 뒤로 물러났던 것도 같은 이유였다.

'날 너무 무시한 네 패배다.'

비록 메이저리그에선 루키지만 KBO에서 산전수전을 겪었던 박형수였다.

"나이스!"

"잘했다!"

동료들의 환영을 받으며 박형수가 더그아웃으로 돌아왔다.

[스코어는 2 대 0! 경기를 끝내기 위해 9회 다시 한번 강영웅 선수가 마운드에 오릅니다!]

마운드에 오른 영웅이 첫 번째 타자를 상대했다.

'바깥쪽 스플리터.'

고개를 끄덕인 영웅이 와인드업을 했다.

9회.

투구 수는 98개였다.

공의 위력이 떨어지는 게 당연한 투구 수다.

하지만 개막전이라서 그런 걸까?

초구를 뿌리는 영웅은 힘이 떨어졌다는 느낌을 받지 못했다.

뻑-!

"스트라이크!!"

[초구, 외곽으로 도망치는 공에 헛스윙을 합니다!]

[체인지업이 기가 막히게 들어갔습니다.]

'바깥쪽 패스트볼.'

코스는 방금 전 체인지업을 던졌던 곳과 같았다. 단, 변화하기 이전의 곳이었다.

영웅은 쉬지 않고 2구를 뿌렸다.

뻐억-!

"스트라이크!! 투!"

[직전 공보다 공 한 개를 더 집어넣으면서 스트라이크 콜을 이끌어 내는 강영웅 선수! 구속이 97마일을 기록합니다!]

[공 한 개를 더 집어넣긴 했지만 체인지업이 변화하기 직전의 코스와 같았습니다. 타자의 입장에선 직전의 잔상이 남아 있기 때문에 배트를 내밀 수 없었어요.]

'몸 쪽 슬라이더.'

두 사람의 사인 교환은 길지 않았다. 페르나가 사인을 내면 영웅은 거의 바로 고개를 끄덕였다. 덕분에 경기 템포가 빨랐다.

와인드업을 한 영웅이 높은 타점에서 공을 뿌렸다.

쐐애애액-!

바깥쪽 가슴 높이로 날아오는 공에 타자의 배트가 돌았다.

그 순간 공이 밑으로 뚝 떨어졌다. 그것도 몸 쪽으로 파고
들면서 말이다.

타자가 어떻게든 궤적을 밑으로 떨어뜨렸지만 몸 쪽을 파
고드는 궤적까지는 대처할 수 없었다.

퍽-!

"스트라이크!! 아웃!!"

[삼구삼진!! 오늘 경기 18번째 탈삼진을 잡아냅니다!]

[정말 대단한 움직입니다. 85마일로 보아 보통의 슬라이더
인데 꺾이면서 떨어지는 각도가 예술이라는 표현이 잘 어울
립니다. 오늘 던진 모든 슬라이더를 통틀어 가장 좋았던 공
이라고 할 수 있습니다.]

극찬을 아끼지 않는 박태원 위원이었다.

그건 미국 언론도 마찬가지였다.

언터쳐블이라는 단어까지 써가면서 영웅의 슬라이더를 극
찬했다. 그럴만했다. 바깥쪽에서 몸 쪽까지 파고드는 변화를
일으켰으니 말이다.

영웅의 공격적 피칭은 9회가 되도 변함이 없었다.

두 번째 타자를 상대로 초구와 2구 모두 스트라이크존을
통과하는 공들을 던졌다.

초구 95마일의 패스트볼은 커트했지만 2구 스플리터에는
헛스윙이 나왔다.

다시 유리한 카운트를 잡은 영웅이 와인드업을 했다.

"흡-!"

기합까지 터뜨리며 전력을 다했다.

손을 떠난 공이 매서운 속도로 날아갔다. 또다시 존을 파고드는 궤적에 타자의 배트가 돌았다. 하지만 이번에는 공이 떨어지지 않았다. 라이징성의 포심 패스트볼이었다.

　딱-!

　[빗맞은 타구! 높게 떠오릅니다. 내야를 벗어나지 못한 공을 2루수가 제자리에서 잡습니다! 투 아웃!]

　남은 아웃 카운트는 단 하나.

　영웅을 상대하기 위해 세 번째 타자가 들어섰다.

　타이거즈에서도 대타 카드를 꺼냈다.

　우타자.

　메이저리그 통산 272개의 홈런을 때려낸 거포였다.

　한방을 노리고 있다는 게 느껴졌다.

　하지만 영웅은 긴장하지 않았다. 그렇다고 상대 타자를 만만히 보지도 않았다. 그저 던지는 공 하나하나에 전력을 다할 뿐이었다.

　쐐애액-!

　빠르게 날아오던 공이 밑으로 뚝 떨어졌다.

　타자는 초구부터 노리고 있었는지 이미 스윙을 시작했다.

　멈추기엔 늦은 상황.

　딱-!

　결국 빗맞은 타구가 나왔다.

　[평범한 그라운드볼, 유격수 잡아 1루에 던집니다!]

　퍽-!

　"아웃!"

[세 번째 아웃 카운트가 올라갑니다! 강영웅 선수 개막전을 1피안타 완봉으로 잡아내면서 승리투수가 됩니다!]

[정말 멋진 피칭이었습니다. 사이영 상이 결코 우연이 아니었다는 걸 보여주는 멋진 스타트였습니다!]

화면에서 영웅이 동료들과 하이파이브를 하는 모습이 나왔다.

환한 미소를 짓는 그의 모습이 미국 전역에 생중계됐다.

경기가 끝나면 선수들은 인터뷰를 가진다.

오늘 경기 MVP는 영웅에게 돌아갔다.

박형수가 받아도 이상할 게 없었지만 투구의 임팩트가 너무 컸다. 클럽하우스에 들어온 영웅에게 수많은 기자와 카메라가 집중됐다.

그리고 또 한 명의 선수.

박형수에게 역시 많은 카메라가 몰렸다.

"메이저리그 데뷔전에서 첫 홈런을 터뜨렸습니다. 기분이 어떠신가요?"

통역을 통해 내용을 전달받은 박형수는 능숙하게 대답을 했다.

하루 이틀 인터뷰를 하는 게 아니었으니 말이다.

그러다 민감한 질문이 날아왔다.

"오늘 경기에서 배트 플립을 했습니다. 한국에서는 묵인

되고 있지만 메이저리그에서는 불문율인데요. 앞으로도 하실 생각입니까?"

"상대에 따라서 다릅니다. 오늘 배트 플립을 한 이유는 날 위협했기 때문입니다."

콜의 초구를 이야기하는 것이었다. 야구 기자들의 눈에서도 그건 분명 위협구였다. 맞힐 의도가 없었다고는 해도 분명 비신사적인 투구였다.

"만약 내일 경기에 나서게 된다면 보복구를 맞을 수도 있는데요. 걱정되지 않나요?"

"그런 걸 일일이 무서워한다면 야구를 어떻게 하겠습니까?"

자신감 넘치는 그의 대답에 기자들이 묘한 표정을 지었다.

지금까지 한국에서 온 선수들은 하나같이 매너가 좋았고 인터뷰 내용 역시 얌전했다. 한데 박형수는 그런 유형이 아니었다.

그렇기에 의아할 수밖에 없었다.

반면 영웅은 그 모습을 보며 역시 박형수라는 생각이 들었다.

'메이저리그라고 주눅이 들지 않아.'

존경스러울 따름이었다.

"강! 미디어실로 슬슬 이동해야 돼!"

"알았어요."

오늘 경기의 승리투수로 인터뷰를 해야 된다.

영웅은 곧장 미디어실로 이동했다.

9이닝 1피안타 무실점 18탈삼진.

개막전 영웅의 성적이었다. 얼마나 압도적인 피칭을 보여주었는지 그대로 나타났다.

　박형수의 배트 플립은 양국에서 논란이 됐다.

　비난하는 사람들, 환호를 보내는 사람들.

　반응은 다양했다. 당사자인 박형수는 그런 반응에 별로 신경을 쓰지 않았다. 언론에서 인터뷰를 해도 그 부분에 대해서는 매번 같은 입장을 내놓았다.

　'정말 대단한 형이라니까.'

　옆에서 그 모습을 보는 영웅은 감탄을 금치 못했다.

　멘탈에 관련해서는 배울 점이 많았다.

　개막전 승리 이후 클리블랜드는 연승 행진을 이어갔다. 2선발 레일리, 3선발 존 배터, 그리고 맥코이 밀러까지.

　모든 선발이 퀄리티 플러스를 기록했다.

　특히 레일리는 8이닝 2실점을 기록, 자신이 왜 고액의 연봉을 받았는지를 증명했다.

　짐 놀란은 5이닝 3실점을 했지만 타선의 폭발로 패전투수를 모면할 수 있었다.

　5전 전승.

　인디언스의 올 시즌 질주가 시작됐다.

　그 중심에는 단연 영웅이 있었다.

[개막 이후 두 번째 등판에서도 강력한 모습을 보여주고 있는 강영웅 선수, 8회에도 다시 한번 마운드에 오릅니다. 현재까지 92개의 공을 던진 강영웅 선수인데요. 과연 오늘도 완투에 도전할지 기대가 됩니다.]

[아마 완투는 시키지 않을 겁니다. 이번 이닝이 마지막이 되지 않을까 예상해 봅니다.]

뻐억-!

"스트라이크!"

[초구 스트라이크를 잡습니다. 강영웅 선수는 오늘 경기에서 23번의 초구 공략 중 21번이 모두 스트라이크 콜을 얻어냈습니다.]

퍽-!

"볼!"

[떨어지는 슬라이더에 배트 나오지 않습니다.]

[가장 큰 장점이라고 생각이 듭니다. 초구 스트라이크를 잡는다는 건 여러 장점이 있습니다. 문제는 그걸 하기 참 어렵다는 겁니다.]

뻑-!

"스트라이크!! 투!"

[하이 패스트볼에 배트 헛돕니다. 투 스트라이크!]

[강영웅 선수는 스스로의 공에 자신감이 있기 때문에 초구 승부를 잘하고 있어요. 그러다 보니 승부를 유리하게 가져갈

수 있죠.]

딱-!

[4구 때렸습니다. 하지만 타구 높게 떴습니다. 우익수 뒤로 물러나 자리를 잡습니다. 안정적으로 잡아냅니다. 원 아웃!]

[좋은 스플리터였습니다. 자세가 무너지면서 때렸지만 힘을 싣지 못했어요.]

두 번째 타자를 상대로 초구 파울, 2구 몸 쪽을 찌르는 포심 패스트볼로 스트라이크, 3구는 스플리터를 던졌지만 배트는 나오지 않았다.

[볼카운트 투 스트라이크 원 볼! 유리한 상황입니다. 다시 한번 유인구를 던질까요?]

[승부를 들어갈 가능성이 높습니다.]

[4구 던집니다.]

쐐애액-!

해설 위원의 예상대로 영웅은 승부수를 던졌다.

빠른 공이 존 가운데를 파고들었다.

'실투!'

타자의 배트가 돌았다.

그 순간 공이 춤을 추듯 움직이더니 바깥쪽 밑으로 궤적을 변경했다.

배트를 아슬아슬하게 비껴간 공이 미트에 꽂혔다.

뻑-!

"스트라이크!! 아웃!"

[헛스윙 삼진!! 96마일의 빠른 공이 미트에 꽂힙니다!]

[방금 전 공의 무브먼트는 대단했습니다. 투심성 움직임을 보이면서 배트를 피해서 존을 통과했어요.]

[여기서 밀러 감독이 마운드를 방문합니다.]

[교체가 아닐까 싶습니다. 개막전에서도 100구 이상의 투구를 선보이면서 완봉을 했기에 오늘 경기에선 나름 보호를 해주는 거죠.]

마운드에 방문하는 밀러 감독은 공을 받지 않았다.

일단 의사를 묻기 위함이었다.

"점수 차이도 있고 뒤는 동료들에게 맡기는 게 어떤가?"

"알겠습니다."

순순히 밀러 감독의 제안을 받아들였다. 영웅이 공을 건네주고 마운드를 내려왔다.

[강영웅 선수, 여기서 교체가 되는군요.]

[4점의 리드를 업고 있기 때문에 무리를 시킬 이유가 없습니다. 뒤에는 확실한 셋업맨인 잭슨과 마무리 윌슨이 지키고 있으니까요.]

[7과 2/3이닝을 던지면서 무실점, 무사사구 3피안타를 기록하며 승리투수 요건을 갖춘 채 마운드를 내려옵니다.]

이후 잭슨이 4명의 타자를 모두 막아내며 경기를 끝냈다.

2전 2승.

16과 2/3이닝 동안 무실점을 기록하며 팀의 6연승을 지켜냈다.

인디언스의 연승은 9에서 멈췄다.

10경기에서 디트로이트 타이거즈를 상대로 패배를 기록한 것이다. 연승은 깨졌지만 그들은 여전히 중부 지구 1위, 아메리칸리그 1위, 양대 리그 공동 1위에 올라 있었다.

9승 1패.

시즌 전부터 우승 후보로 점쳐졌던 인디언스는 평가가 틀리지 않음을 분명히 보여주고 있었다.

그렇다 하더라도 이렇게까지 잘해주면 여론의 관심을 받게 된다.

언론들은 인디언스의 선발진을 집중 조명 했다.

"레일리는 자신이 왜 2억 불을 받았는지 분명히 보여주는군."

"구속은 작년과 비슷하지만 커맨드가 더 날카로워진 거 같아."

"존이나 맥코이 역시 좋은 피칭을 이어가고 있잖아."

"나는 베테랑이다! 이런 모습을 보여주고 있지. 위기를 맞이해도 점수를 잘 주지 않아."

기자들이 인디언스 선발진의 기록표를 확인하며 평가를 내렸다.

"하지만 하이라이트는 역시 강영웅이지."

모든 기자가 고개를 끄덕였다.

미국으로 따지면 고작 22살의 청년. 메이저리그보다는 마이너리그가 더 어울리는 나이였다.

하지만 그는 메이저리그를 호령하고 있었다.

"1년 차에 충격을 주었고, 2년 차에 사이영 상을 수상, 그리고 3년 차에 16과 2/3이닝 동안 무실점 경기."

"압도적이지."

현존하는 모든 투수를 통틀어도 가장 뛰어난 성적이었다. 그나마 비교할 수 있는 것이 내셔널리그의 클레이튼 커쇼였다.

그는 개막 이후 3경기에 나서 3승을 올렸다.

22이닝 2실점을 기록, 한 경기당 1실점도 하지 않았다.

"도대체 어떻게 하면 이렇게 어린 나이에 이런 성적을 올릴 수 있는 거지?"

한 베테랑 기자가 말했다.

그 질문에 대답할 수 있는 사람은 없었다. 다른 기자들 역시 같은 궁금증을 가지고 있었기 때문이다.

이날 영웅은 타이거즈를 상대로 7이닝 무실점 1볼넷 2피안타를 기록.

시즌 첫 볼넷을 기록했다. 그리고 10개의 탈삼진을 잡아내며 3경기 연속 두 자릿수 탈삼진과 시즌 40개의 탈삼진을 기록하게 됐다.

최근 클리블랜드는 도시 전체에 활기가 돌고 있었다.

인디언스의 연승 덕분이었다.

홈경기가 열리는 날이면 프로그레시브 필드는 티켓이 매진되기 일쑤였다.

또한 유니폼 판매가 전체적으로 상승했다.

특히 영웅의 유니폼은 내놓는 족족 바로 팔려 나갔다.

"오늘은 오랜만에 강의 피칭을 보겠군."

"그러게 말이야. 오늘도 무실점을 이어 나가야 될 텐데."

"뭘 그렇게 걱정하나? 당연히 무실점으로 이길 테니 걱정하지 마."

최성재는 팬들의 대화를 들으며 미소를 지었다.

'어디를 가든 영웅의 이야기군.'

팬만이 아니었다. 지역 언론과 미국의 유수한 언론들이 영웅의 기사를 매일같이 다루었다.

메이저리그 관계자들을 만나도 영웅에 대한 질문뿐이었다.

한국은 말할 필요도 없었다. 선발 등판 하는 날이면 9시 뉴스에서도 그의 기사를 볼 수 있었다. 야구팬들은 아침마다 인디언스의 경기를 보기 위해 컴퓨터와 스마트폰을 붙잡고 살았다.

덕분에 영웅에게 쏟아지는 광고 요청이 산을 이루었다.

'미국에서도 광고가 들어오기 시작했다. 이대로라면 엄청난 돈을 벌 수 있어.'

또 한 가지, 영웅에게 남은 게 있었다. 바로 내년 시즌 연봉 조정 신청 자격이었다.

'첫해부터 풀타임을 채울 수 있었던 게 행운이었다.'

올 시즌 영웅이 큰 부상 없이 로스터 일수를 채운다면 내년 시즌 연봉 조정 신청 자격을 얻게 된다.

영웅은 3년 동안 모두 메이저리그 최저 연봉을 받아왔다.

성적만 놓고 보면 있을 수 없는 일이다. 하지만 그 누구도 의문을 제시하지 않았다. 메이저리그에서는 당연한 일이었으니 말이다.

'드디어 제대로 일을 할 수 있겠군.'

최성재의 입가에 미소가 그려졌다.

3경기 연속 무실점 행진.

주변에서 놀라고 있었지만 가장 놀란 건 본인이었다.

'공이 이렇게 잘 던져져도 되는 건가?'

올 시즌은 던지는 공들마다 원하는 코스로 들어갔다. 그러다 보니 타자들을 상대하기 편해졌다.

하지만 가장 큰 변화는 다른 곳에 있었다.

'패스트볼의 구위가 작년보다 더 강해졌어.'

구위는 공의 위력을 말한다.

다양한 뜻을 내포하고 있는데 그중에는 회전, 무브먼트 등이 있었다.

한데 이러한 것들이 모두 상승했다.

구속 역시 평균 1마일가량 상승해 타자들을 제압하기 용이했다.

'키가 커서 그런가?'

영웅은 그 이유를 신체적인 변화에서 찾았다.

1년 전과 비교해서 3㎝가량 키가 컸다.

몸무게 역시 5㎏가량 증가하면서 확실히 파워가 더 붙었다.

"여! 뭐 하냐?"

그때 박형수가 다가와 옆에 앉았다.

"아…… 다른 게 아니라 요즘 공이 잘 던져져서요. 이유가 뭘까 싶어서 고민 좀 하고 있었어요."

"잘 던지는데 고민을 왜 해?"

"예?"

"인마! 그럴 때는 그 이유를 찾을 게 아니라 지금의 분위기를 살려서 파파팟! 치고 나가야지."

"그럴까요?"

"그럼! 넌 지금처럼만 하면 된다. 연습할 때 네 공 몇 번 봤는데 와…… 진짜 칠 수가 없겠더라."

박형수는 일부러 영웅을 칭찬했다.

'고민이 많으면 슬럼프에 빠지기 쉽다.'

프로 세계에서 통용되는 말이었다.

선수 스스로 고민을 한다는 건 분명 좋은 일이었다.

고심 끝에 좋은 답이 나온다면 말이다. 하지만 잘하고 있을 때조차 답을 찾으려 한다면 스스로 슬럼프에 빠질 수 있었다.

실제 한국에서 그런 선수를 셀 수도 없이 많이 봐왔다.

잘될 때는 그 기운을 타고 나가야 된다.

이유를 찾을 필요가 없다. 그렇기에 영웅의 고민을 털어줄 생각으로 오버하며 그를 칭찬했다.

4장
활약하는 코리안 듀오

덕분에 영웅은 고민을 떨쳐 낼 수 있었다.

"오늘 경기에서는 나도 간만에 선발로 나간다."

"정말요?"

"그래, 코치가 말해주더라. 오랜만에 기회를 잡았으니 한 방 날려줘야지."

타격 포즈를 잡는 그를 보며 영웅이 미소를 지었다.

"그럼 형님만 믿고 있을게요."

"오냐! 이 형님만 믿어라."

[시즌 네 번째 등판을 하는 강영웅 선수가 마운드에 오릅니다. 메이저리그 세 번째 시즌에서 정말 대단한 활약을 펼

쳐 주고 있지 않습니까?]

[그렇습니다. 현재까지 23과 2/3이닝 동안 무실점 피칭을 이어가고 있습니다.]

[오늘 어떤 모습을 보여줄지 기대됩니다.]

영웅은 타자를 바라봤다.

오늘 상대는 미네소타 트윈스였다.

약팀으로 분류되는 트윈스였지만 영웅은 긴장의 끈을 놓치지 않았다.

'바깥쪽 패스트볼.'

페르나의 사인에 고개를 끄덕였다.

[강영웅 선수, 와인드업 합니다.]

상체를 비튼 영웅이 초구를 뿌렸다.

쐐애애액─!

타자의 배트가 초구부터 돌아갔다. 빠른 타이밍, 그리고 바깥쪽을 노리고 있는 궤적. 애초부터 바깥쪽 빠른 볼을 노리고 있었다.

또한 초구를 때리겠다는 생각을 가지고 있었던 게 분명했다.

'맞았다!'

타자가 속으로 쾌재를 부르는 그 순간.

공이 투심처럼 휘어 존 밖으로 도망쳤다.

뻑─!

"스트라이크!!"

[초구, 헛스윙으로 스트라이크를 잡아냅니다!]

'2구 하이 패스트볼.'

페르나의 사인에 곧장 2구를 뿌렸다.

쐐애애액-!

이번에도 타자의 배트가 돌았다.

영웅이 공격적인 피칭을 한다는 건 메이저리그의 모든 팀이 알고 있었다. 그렇기에 공격적으로 나갈 수밖에 없었다.

가슴 높이로 날아오는 공에 배트도 높게 돌았다.

하지만 공은 떨어지지 않았다. 라이징성의 공은 그대로 배트 위를 지나 미트에 꽂혔다.

뻐억-!

"스트라이크!! 투!"

[하이 패스트볼에 배트가 헛돕니다.]

주도권을 가져온 영웅은 쉴 틈을 주지 않고 3구를 뿌렸다.

유인구는 필요 없었다.

쐐애애액-!

존 가운데로 날아오는 빠른 공이었다. 타자가 이를 악물고 배트를 돌렸다.

'이번에는 때린다!'

배트가 홈플레이트 위를 지나가는 순간.

공이 몸 쪽으로 파고들었다.

뻑-!

"스트라이크!! 아우우우웃!"

[삼구삼진! 쾌조의 스타트를 보여주는 강영웅 선수입니다!!]

에이스 투수에게 필요한 건 믿음이다.

이 선수가 마운드에 오르는 날이면 이길 수 있다는 신뢰가 에이스 투수의 덕목 중 하나였다.

언론과 팬들의 믿음도 중요하다.

그러나 가장 중요한 건 팀 스태프, 그리고 동료들의 믿음 이었다.

시대를 풍미했던 투수들의 동료들은 인터뷰에서 이런 이 야기를 한다.

ㅡ그 선수가 마운드에 오르는 날이면 우리가 이기겠구나, 라는 생각을 하며 경기에 나섭니다. 그리고 그 일이 실제로 일어납니다.

영웅은 그런 투수가 됐다.

4회까지 무실점 피칭을 이어갔다.

딱ㅡ!

[높게 뜬 타구! 좌익수 정면으로 갑니다. 로건 선수 안정적 으로 포구를 하며 투 아웃이 됩니다.]

[이걸로 28과 1/3이닝 무실점이 되는군요.]

도무지 점수를 뺏을 수가 없었다.

아니, 2루 베이스조차 밟을 수가 없었다.

타자를 내보내더라도 후속타가 터지지 않았다.

트윈스 입장에서는 답답할 노릇이었다.

'염병……! 안타도 쳐 내지 못하다니.'

2회 나온 단타를 제외하고는 모든 공격이 틀어 막혔다.

사사구라도 나오면 좋겠건만 그러지도 않았다.

후웅-!

뻑-!

"스트라이크!!"

초구부터 타자들은 배트를 돌렸다.

인내심이 없어서?

아니었다.

영웅의 피칭이 공격적이었기 때문이다.

한 통계 사이트에서는 그의 초구가 스트라이크존을 통과할 확률을 80퍼센트 이상으로 봤다.

구단들의 데이터에도 그랬다.

그만큼 초구 스트라이크 비율이 높았다.

대부분의 타자가 그 사실을 알고 타석에 선다.

하지만 공략할 수 없었다.

즉, 알고도 치지 못한다는 소리였다.

쐐애액-!

공이 손을 떠나면 타자들은 스윙을 시작한다.

노리고 있는 공은 정확했다.

패스트볼.

영웅이 던지는 공의 64퍼센트가 95마일 이상의 패스트볼 계열이었다.

선발치고는 분명 높은 수치였다.

그렇기에 그것을 노리면 10번 중 6번은 노림수를 맞출 수 있었다.

투수와 타자의 거리, 그 중간까지만 하더라도 타자들은 자신감이 넘친다.

이번에는 때릴 수 있다. 그런 생각이 지배적이었다.

하지만 그때부터 공은 마치 타자를 농락하듯 도망친다.

좌, 우, 상, 하.

사방으로 도망치는 공을 잡기 위해 중간에 배트의 궤적을 바꾸기란 무척이나 힘들었다.

후웅-!

뻑-!

"스트라이크!! 아웃!!"

[헛스윙 삼진입니다! 오늘 경기 10개째 탈삼진을 기록하며 5회 역시 삼자범퇴로 이닝을 마감합니다!]

'제길……. 옆으로 도망치다니.'

공은 투심처럼 옆으로 휘었다.

하지만 구속은 96마일이었다. 통계적으로 봤을 때 영웅의 포심 패스트볼로 분류되는 공들의 구속이 90마일 후반이었다.

반면 투심과 컷 패스트볼은 90마일 초중반을 유지했다.

즉, 방금 던진 공은 포심으로 봐야 했다.

'저렇게 변하는 포심이 어디에 있다고.'

황당할 따름이지만 데이터가 그렇게 말하고 있었다. 무엇보다 영웅의 투심은 방금 전 공보다 더 휘어서 도망친다.

그렇기에 더 혼란을 주었다.

'망할…….'

트윈스의 답답함은 커져 갔다.

반대로 인디언스의 타자들은 신이 났다.

에이스가 굳건하게 마운드를 지켜주니 자신들은 타격에 집중할 수 있었다.

딱-!

[파렐 초구를 공략합니다! 빠른 타구가 투수의 옆을 지나쳐 그대로 외야로 굴러갑니다!]

빠른 발이 장기인 조 파렐은 간결한 스윙으로 안타를 만들어냈다.

오늘 경기 멀티히트.

2번 타자인 좌익수 로건은 침착하게 공을 골라 풀카운트까지 승부를 가져왔다.

[풀카운트 승부에서 8구 던집니다!]

큰 포물선을 그리며 공이 날아왔다.

커브는 타자가 그 구종을 파악하기 가장 쉬운 구종이었다.

그렇지만 치기는 가장 까다로웠다.

눈에 훤히 보일 정도로 느린 구종이 커브지만 들어오는 각도의 차이를 판단하기 어려웠기 때문이다. 카운트를 잡기 위해 들어오는 공이냐, 아니면 유인구를 목적으로 들어오는 공이냐.

두 가지를 짧은 시간에 판단해야 한다.

그리고 로건은 후자를 택했다.

공을 끝까지 본 그는 배트를 돌리지 않았다.

퍽-!

[볼입니다! 떨어지는 유인구를 잘 참아내는 로건 선수! 베이스 온 볼로 1루에 진루합니다! 무사에 1, 2루 찬스를 잡는 인디언스! 그리고 타석에는 2년 연속 가장 많은 홈런을 쳐내고 있는 페르나가 들어섭니다!]

페르나는 올 시즌 역시 맹활약을 이어갔다.

현재까지 8개의 홈런을 때려내며 인디언스에서 가장 많은 홈런을 때려내고 있었다.

타점은 무려 22점.

이 역시 팀에서 가장 많은 타점이었다.

오늘 경기에서도 이미 안타를 신고했던 페르나를 상대로 투수는 쉽사리 승부를 걸지 않았다.

어려운 코스에 연달아 공을 뿌렸다.

하지만 페르나는 쉽게 낚이지 않았다.

딱-!

[9구 역시 파울입니다! 투 스트라이크가 된 이후 3개의 공을 연달아 파울로 만들어내는 페르나 선수!]

[정석대로 잘하고 있습니다. 스트라이크 두 개까지는 노림수를 가지고 큰 것을 노렸지만 이후에는 선구안을 높여 존과 비슷한 코스에서는 커트, 존에서 벗어난 공은 모두 걸러내고 있어요.]

두 타자 연속 풀카운트 승부.

집중력 싸움이 계속되고 있었다.

그리고 먼저 실수를 범한 것은 투수였다.

'억?!'

공이 손을 떠났을 때, 실투라는 걸 깨달았다.

예상대로 공은 존의 한가운데를 향해 날아갔다.

등골이 오싹했다.

'제발!'

헛스윙이 나오길 하늘에 빌었다. 그러나 페르나의 집중력은 깨지지 않고 있었다.

빠악-!

둔탁한 소리가 그라운드를 울렸다.

몸 쪽을 파고드는 공을 그대로 당겨 때린 것이다.

[잘 맞은 타구! 라인 안이냐?! 밖이냐?!]

타구의 방향은 1루 라인 근처로 날아가고 있었다.

타이밍이 빨랐다면 라인 밖으로 나가 파울이 될 것이고 아니라면 페어가 되면서 장타 코스가 만들어진다.

1루심은 공이 떨어지는 장면을 유심히 보다 손을 라인 안쪽으로 뻗었다.

[페어입니다! 2루 주자, 3루를 돌아 홈인! 1루 주자 역시 3루를 향해 내달립니다!]

라인 안쪽에 떨어졌던 공은 라인 밖으로 굴러가고 있었다.

장타를 염두에 뒀던 우익수는 평소보다 뒤에서 수비를 하고 있었다.

당연히 타구를 따라가는 게 느릴 수밖에 없었다.

1루 주자가 3루 베이스를 밟을 때에야 공을 잡을 수 있었다.

"제길!"

공을 잡은 우익수가 1루를 향해 공을 뿌렸다.

레이저 송구?

이 위치에서 홈까지 레이저 송구를 할 수 있는 건 메이저 리그에서도 몇 명에 불과했다.

아쉽게도 트윈스의 우익수는 불가능했다.

1루수가 송구를 커트하고 홈으로 몸을 돌렸다.

포수가 양손을 들어 송구를 막았다.

동시에 주자가 슬라이딩을 하며 홈플레이트를 스치고 지나갔다.

[2타점 적시 2루타를 기록하는 페르나 선수입니다!]

[중요한 순간에 좋은 타격이 나왔습니다.]

[트윈스는 투수 코치가 마운드를 방문하네요.]

[두 타자 연속 풀카운트 승부를 하면서 투구 수가 급격하게 늘어났습니다. 아마 교체를 하지 않을까 싶습니다.]

노 아웃에 주자는 2루에 있었다.

더 이상 점수를 주면 위험할 수도 있었다. 하지만 트윈스는 투수 교체를 하지 않았다. 조금 더 투수를 믿기로 결정한 것이다.

그러나 그건 최악의 선택이었다.

딱─!

[쳤습니다! 원 바운드로 펜스를 직격하는 타구에 2루 주자가 여유롭게 홈을 밟습니다! 그리고 다시 주자는 2루에! 노아웃 2루의 찬스가 이어집니다!]

인디언스는 집중력 있는 모습을 보여주었다.

한번 잡은 기회를 놓치지 않고 연달아 점수를 뽑아냈다.

최근 인디언스에서 자주 보여주던 모습이었다.

승리를 자주 하다 보니 이제는 이기는 방법을 깨닫기 시작한 것이다.

특히 영웅이 올라오는 날이면 더욱 집중력이 높아졌다.

'1점만 내면 이긴다'라는 믿음이 마음속에 있었기 때문이다.

퍽-!

"아웃!!"

[드디어 쓰리 아웃이 됩니다. 하지만 이번 이닝 인디언스는 타자일순이 되면서 무려 7점이란 점수를 냅니다.]

7점의 리드를 등에 업고 영웅이 다시 마운드에 올랐다.

막 더그아웃을 나서려는 그에게 밀러 감독이 말했다.

"이번 이닝만 던지자고."

이제 6회에 불과했다.

그런데 교체 이야기를 하는 이유는 하나였다.

점수 차이가 많은 상황에서 굳이 무리를 시키지 않겠단 의도였다.

또한 이후 인디언스의 원정 스케줄 때문이기도 했다.

영웅은 고개를 끄덕였다.

"알겠습니다."

다시 마운드에 오른 영웅은 첫 타자를 삼진으로 잡으며 깔끔하게 이닝을 시작했다.

'3번이나 원정이 이어진다. 조금이라도 쉽게 해둬야 돼.'

내일 휴식을 끝으로 인디언스는 세 번의 원정 경기에 나선다.

그중에 한 번은 내셔널리그와의 인터리그가 펼쳐진다.

시기상 영웅이 인터리그에 등판할 게 분명했다.

지명타자가 없는 경기이기 때문에 영웅이 타자로 나서야

된다.

그로 인한 체력 소비까지 생각하면 오늘 경기에서 조금이

라도 쉬게 해주는 게 좋았다.

때마침 충분한 점수도 났다.

또 한 가지.

'불펜도 어느 정도 몸을 풀어둬야지.'

내일 휴식일이기 때문에 만약 오늘도 쉰다면 실전 감각에

문제가 생길 수도 있다. 그렇기에 오늘 경기에 다양한 불펜

투수를 올릴 생각이었다.

뻑-!

"스트라이크!! 아웃!!"

삼진으로 투 스트라이크를 잡아내는 영웅을 보며 밀러 감

독이 고개를 끄덕였다.

'무자비하군.'

영웅의 좋은 점은 셀 수 없이 많다.

그중에 하나가 점수 차에 관계없이 자신의 공을 던진다는

것이다.

간혹 투수들 중에는 점수 차이가 많이 나면 너무 여유롭게

공을 던지는 선수가 있다.

밀러는 그게 잘못됐다고 생각했다. 야구는 9회 세 개의 아

웃 카운트가 올라가기 전까지 어떻게 될지 모른다.

그런데 점수 차이가 많이 난다고 투수가 설렁설렁 공을 던진다는 건 있을 수 없는 일이었다.

딱—!

높게 떠오른 타구가 내야를 벗어나지 못했다.

3루수가 파울라인 밖에서 안정적으로 공을 잡으며 6회가 끝났다.

더그아웃으로 돌아오는 영웅을 밀러 감독이 반겼다.

"아이싱 하고 쉬도록 해."

"예."

영웅의 역할은 여기까지였다.

6이닝 무실점 12탈삼진.

시즌 4승을 올리며 자신의 무실점 경기를 29와 1/3이닝으로 늘렸다.

홈에서 두 번의 시리즈를 모두 위닝 시리즈로 끝낸 인디언스는 비행기에 몸을 실었다.

잘나가는 팀은 이동 중에도 활기찰 수밖에 없었다.

선수들은 시끌벅적 비행기를 활보하며 자유로운 시간을 보냈다.

"케이 원 페어!!"

박형수가 자신의 카드를 내보였다.

주변에 있던 선수들이 하나둘 카드를 던지는 모습에 그의 입가에 미소가 그려졌다.

"흐흐, 그럼 내가 가져갈……."

"잠깐!"

그때 뻔한 대사와 함께 페르나가 두 장의 카드를 내밀었다.

"에이스 원 페어. 내가 이겼지?"

"아으!!"

벌써 두 번이나 이런 식으로 당했다.

돈을 챙기는 페르나를 보며 박형수가 한숨을 푹 내쉬었다.

"나랑 원수졌냐?"

"응? 무슨 말이야?"

한국어로 말했기에 페르나가 되물었다.

박형수는 뭐라 말을 하려다 원수라는 단어가 떠오르지 않아 영웅을 불렀다.

"영웅아! 원수를 뭐라고 해야 되냐?"

"enemy라고 하면 되지 않아요?"

"에이…… 그건 아니지. 쩝, 그만해야겠다. 난 아웃!"

항복을 선언하고 포커판에서 빠지는 박형수를 보며 페르나가 피식 웃었다.

"뭐 보냐?"

박형수는 영웅의 옆에 와서 앉았다.

"걸스 신곡 무대요."

최근 걸스가 신곡을 선보였다.

정규 3집이었다.

이번에도 앨범을 내자마자 모든 음원 사이트에서 1위를 휩쓸고 있었다. 방송 프로그램에서도 1위를 하며 다시 한번 걸스의 진가를 높이는 중이었다.

"그러고 보니 너 걸스의 누구랑 친하다고 하지 않았냐?"

"예린이요. 애예요."

때마침 화면에 예린이 원 샷으로 잡혔다.

"귀엽네."

"그렇죠?"

영웅이 웃는 모습에 박형수가 슬쩍 떠보았다.

"사귀냐?"

"아직이요."

"오올, 마음이 있나 본데?"

"그렇긴 한데. 너무 멀리 떨어져 있으니까요."

박형수가 고개를 끄덕였다.

미국과 한국은 비행기로 12시간이 걸린다.

게다가 영웅이 직접 갈 수도 없는 노릇이었다. 시즌 중에는 자리를 비울 수 없었으니 말이다. 그렇다고 시즌이 끝나면 자유롭게 만날 수 있는 것도 아니었다. 영웅 정도라면 비시즌이 오히려 더 바빴으니까 말이다.

"상대가 연예인이라면 더욱 힘들지. 걸스라면 요즘 가장 잘나가는 애들이잖아? 해외 공연도 자주 하고."

"네, 이번 앨범도 한 달 정도만 활동하고 다시 해외 활동에 주력하는 거 같더라고요."

"그쪽도 해외가 아무래도 돈이 되는 거 같더라고. 게다가

애네들 지금 5년 차지?"

"잘 아시네요?"

"걸스라면 작년에 우리 구단 애들이 많이 좋아했거든. 어쨌든 그러면 대충 2년 남았네."

"2년이요?"

"아이돌들은 대부분 7년 계약을 맺고 있거든. 그래서 그때쯤 되면 더 좋은 조건 찾아서 떠나는 애들이 많아. 아이돌 팀이 재계약에 성공하지 못하고 와해되는 이유지."

"의외로 많이 아시네요?"

"전에 사귀던 여자애가 아이돌이었거든."

"아……."

박형수는 한국에서도 스캔들이 자주 나는 선수 중 한 명이었다.

워낙 자유분방한 성격이라 구단에서도 컨트롤이 어려웠다는 이야길 얼핏 들었었다.

"그런데 헤어졌어."

"왜요?"

"내조를 못 했거든."

"내조요?"

"너도 결혼할 상대는 잘 골라야 돼. 운동선수에게는 자신을 내조해 줄 수 있는 여자가 상대로 가장 적합하다."

운동선수, 특히 야구 선수들은 1년의 절반에 가까운 시간을 훈련과 경기를 치른다.

그렇기 때문에 음식의 섭취나 여러 부분에서 관리를 해주어야 된다.

한 메이저리거의 와이프는 남편을 위해 스포츠 마사지까지 배워 매일 밤 해준다는 이야기가 있을 정도다.

또한 웬만한 조리사 자격증까지 보유하고 있다는 이야길 들었다.

"그 정도까진 아니더라도 기본적인 건 해줘야지. 또한 남자가 없는 상황에서도 가정을 꾸려 나갈 수 있는 생활력은 필수고."

최근에는 찾기 어려운 여성상이었다.

여성이 사회에서 일하는 케이스가 많아지면서 일에 욕심을 가지는 이가 많아졌다.

나쁘다는 건 아니지만 야구 선수의 와이프로는 적합하지 않았다.

"뭐, 지금 네 나이면 굳이 결혼까지 생각하지 않고 만나도 괜찮겠지. 하지만 이왕 만나는 거 여러 가지를 생각하고 만나는 것도 나쁘지 않다."

여러 가지 이야기를 들으며 영웅은 자신이 생각하지 못했던 부분들을 알게 됐다.

그러는 사이 비행기는 어느덧 첫 번째 원정지인 보스턴에 도착했다.

아메리칸리그 명문 구단이자 올 시즌 동부 지구 1위를 달리고 있는 보스턴 레드삭스.

원정길의 첫 상대였다.

메이저리그는 특별한 경우를 제외하고는 한 시리즈에 4개의 경기가 펼쳐진다.

그러다 보니 2 대 2 무승부가 나오는 경우도 왕왕 있었다.

영웅은 보스턴과의 경기에서 등판 일정이 없었다.

첫날은 휴식을 취하고 이튿날은 가벼운 훈련으로 봄을 풀었다.

그리고 경기장에도 나갔다.

"사인 부탁해요!"

"사진 좀 찍어주세요!"

구장에 나타난 영웅에게 많은 야구팬이 사인과 사진을 요청했다.

놀라운 건 레드삭스 유니폼을 입은 관중도 많았다는 점이다. 아니, 대다수가 레드삭스를 응원하는 팬이었다.

상대 팀인데도 불구하고 영웅의 인기는 대단히 높았다.

구장에 나온 영웅은 가볍게 캐치볼을 하며 어깨의 상태를 점검했다.

연습이 끝나면 마사지를 받으며 휴식을 취했다. 이후 더그아웃에 나서서 선수들이 경기를 하는 모습을 살폈다.

"에휴, 오늘도 선발이 아니네."

그의 곁에는 박형수가 앉아 있었다.

최근 박형수는 선발로 나서는 일이 거의 없었다.

개막전에서 강렬한 인상을 남겼지만 그 인상이 쭉 이어지지 않았다.

이유야 여러 가지가 있었다.

그중에서 가장 큰 것은 포지션이 겹치는 알론조의 활약이 있었다. 알론조는 현재 홈런 6개를 때려내며 팀 내 2위를 달리고 있었다.

타율 역시 4할 초반을 유지 중이었다.

수비에서도 안정적인 모습을 보이니 굳이 박형수에게 기회를 줄 이유가 없었다.

"오늘 경기는 점수 차가 크게 나니 교체로 나갈 수 있지 않을까요?"

"그렇겠지?"

교체라는 말에 박형수가 눈을 빛냈다.

의외일 수도 있는 모습이었다.

한국에서 박형수는 말 그대로 슈퍼스타였다. 언제나 선발로 경기에 나섰다. 모든 사람이 우러러 보는 선수기도 했다.

한데 교체로 나갈 수 있을 거라는 예상에 저렇게 기뻐하다니?

'기회 자체를 원하고 있어.'

개막 이후 한 달.

박형수는 경기에 나가 자신의 진가를 발휘할 기회에 목말라 있었다.

새로운 무대에서 자신을 보여줄 기회를 말이다.

그것을 위해서는 자존심, 경력 모든 걸 포기할 수 있었다.

오직 자신의 실력 하나만을 믿었다.

그리고 기다리는 자에게 빛이 찾아왔다.

"박! 다음 이닝에 교체로 나갈 거야."

"예!"

타격 코치가 말했다.

영웅의 시선이 스코어를 확인했다.

레드삭스가 7점을 앞서고 있는 상황이었다. 마운드에 스티븐이 있다는 걸 감안했을 때 예상외의 일이었다.

하지만 이런 날도 있는 것이다.

'경기를 포기했다.'

선뜻 이해가 되지 않을 수도 있다.

하지만 페넌트레이스를 진행하다 보면 포기해야 될 경기가 있었다.

이런 경기에서는 여러 가지 일이 진행된다.

선발 선수들의 휴식, 백업 선수들의 실력 체크와 실전 감각 유지 등이 있었다.

덕분에 박형수가 기회를 잡을 수 있었다.

마운드 위에 있는 투수 역시 추격조에 속하는 선수였다.

우완으로 평균 구속 90마일 초반의 공을 던진다.

하지만 무브먼트가 별로였다.

공이 너무 스트레이트하게 들어가 메이저리그 타자들이 쉽게 때릴 수 있었다.

그러나 잘 맞은 타구가 호수비에 막혔다.

더 이상 점수 차가 벌어지지 않고 공수 교대가 됐다.

[올 시즌 인디언스의 가장 나쁜 경기가 아닐까 합니다. 스

코어는 5회 말 스코어는 7 대 0입니다.]

[2선발인 스티븐 레일리의 제구력 난조가 뼈아팠습니다. 밀러 감독은 끝까지 레일리 선수를 믿었지만 살아나질 못했죠.]

흔히 말하는 뚝심 야구.

오늘 밀러 감독은 그걸 보여주었다.

4회까지 이미 5실점을 한 레일리를 내리지 않았다.

5회에도 다시 올려 2실점을 더한 뒤에야 그를 교체했다.

팬들은 이해할 수 없지만 현장의 사정이란 게 있었다.

'본인이 더 던지고 싶다고 하니 어쩔 수 없지.'

물론 교체는 감독의 권한이다. 하지만 스티븐 레일리 정도의 선수라면 함부로 교체할 수도 없다. 무리해서 교체를 하더라도 선수의 자존심을 건드리게 된다.

그게 어떤 결과로 이어지는지는 잘 알고 있었다.

'어쨌건 오늘 경기는 버린다. 그동안 경기에 나서지 못한 녀석들의 컨디션을 확인해야 돼.'

앞으로 11경기가 모두 원정으로 치러진다.

기존의 스타팅 멤버로만 끌고 가기에는 분명 무리가 있었다. 이럴 때야말로 필요한 게 백업 선수들이었다.

밀러 감독은 오늘 경기에서 그런 선수들을 골라낼 예정이었다.

딱-!

[높게 뜬 타구, 평범한 외야플라이입니다. 좌익수 안정적으로 잡아냅니다.]

아웃 카운트가 하나 올라갔다.

다음 타석은 1루수 알론조였다.

이때 대타가 들어섰다.

[알론조의 타석에 대타 박형수 선수가 나옵니다.]

[오랜만의 출전이네요.]

[그동안 대타로도 출전하는 일이 적었는데요. 개막전에서 첫 홈런을 터뜨리면서 기대감이 높아졌지만 현재까지 유일한 홈런이 되었습니다.]

[그동안 쭉 선발 로테이션을 지켰던 선수이기에 몸의 리듬이 선발로 맞춰져 있을 겁니다. 그러다 보니 대타로 나와 제대로 된 타격을 하지 못하는 거죠.]

선발과 대타는 큰 차이가 있다.

수비와 타격을 경기 내내 반복하는 선발은 리듬이 이어진다.

하지만 대타는 대부분의 시간을 벤치에 앉아 있다.

혼자서 스윙을 한다고 해도 경기 내내 그럴 수 없었다.

그런다고 하더라도 경기에 나가지 못하는 날이 이어지면 리듬이 무너질 수밖에 없었다.

후웅-!

빽-!

"스트라이크!!"

[초구 헛스윙이 나옵니다.]

[음, 확실히 타격 감각이 많이 떨어져 있네요. 지금도 볼의 궤적과 스윙의 궤적이 너무 차이가 심합니다.]

딱-!

"파울!"

[3루 쪽 관중석에 떨어지는 파울입니다.]

딱-!

"파울!"

[이번에는 1루 쪽 관중석에 떨어집니다. 타이밍이 조금씩 빠르지만 점차 맞아가는 느낌입니다.]

그때 투수가 변화구를 던졌다.

스플리터였다.

포심처럼 날아오다 뚝 떨어지는 변화구에 배트가 헛돌았다.

후웅-!

"스트라이크!! 아웃!"

[아쉽습니다. 박형수 선수 첫 타석에서 삼진으로 물러납니다.]

첫 타석은 별다른 성과가 없었다.

하지만 본인은 달랐다.

'두 번째, 세 번째에는 나름 괜찮은 타이밍으로 갔다. 변화구에 조금 더 신경을 써야겠어.'

나름대로 타이밍을 잡고 있었다.

오랜만의 실전이다 보니 감을 찾는 게 우선이었다.

그래도 첫 번째 타석에서 나름 성과가 있었는지 두 번째 타석에서는 더 좋은 타격을 보여주었다.

딱-!

"파울!"

[타구가 뒤로 날아갑니다.]

[점점 타이밍이 좋아지고 있습니다. 이제 정확한 궤적만 맞추면 될 거 같습니다.]

[그렇군요. 투수, 5구 던집니다.]

이번에는 체인지업이었다.

이전 타석에서 스플리터에 삼진을 당한 걸 기억하고 있던 포수가 요구한 구종이었다.

'체인지업!'

변화구에 대비를 하고 있었다.

무릎을 굽히며 스윙의 궤적을 낮췄다. 순간적으로 균형을 무너뜨렸지만 단단한 하체가 몸을 지탱했다.

딱-!

경쾌한 타격음과 함께 타구가 중견수 앞에 떨어졌다.

[안타입니다! 오랜만에 안타를 추가하는 박형수 선수입니다!]

[좋은 스윙이었습니다. 변화구에 대비를 하고 있었기에 나온 스윙입니다.]

두 번의 타석에서 벌써 타격감을 찾았다.

그동안 대타로 나서도 거의 한 번의 타격만 했던 그였다. 이후에는 교체를 당하거나 경기가 그대로 끝났다. 그렇기에 두 번의 타석은 오랜만이었다.

'야구 센스가 있군.'

밀러 감독의 눈에 이채가 어렸다.

그리고 세 번째 타석.

타격감을 찾은 박형수가 사고를 쳤다.

[2사 1, 2루의 찬스에서 박형수 선수가 타석에 들어섭니다.]

[전 타석에서 좋은 타구를 보냈으니 기대를 해볼 만합니다.]

뻑-!

"스트라이크!!"

뻑-!

"볼!"

[볼카운트 원 볼 원 스트라이크가 됩니다.]

'스트라이크를 잡는다.'

박형수는 그렇게 판단을 내렸다. 일종의 노림수였다.

'앞서 두 개의 공은 모두 바깥쪽으로 던졌다. 몸 쪽을 노린다.'

한국에서 박형수는 노림수가 강한 타자였다. 하지만 메이저리그에서는 아직 그런 모습을 보여주지 못했다.

"흡-!"

[3구 던집니다.]

빠르게 날아오는 공이 몸 쪽을 찔렀다.

예상대로였다.

'깊어. 그렇다면!'

공의 궤적은 몸 쪽에 바싹 붙어오고 있었다.

지금 타이밍에 이런 공을 던질 리 없었다.

'여차하면 맞는다.'

만약 틀리더라도 몸에 맞아 나가면 된다. 그럴 각오로 박형수가 스윙을 시작했다.

발이 땅을 내디뎠지만 그의 상체는 여전히 열리지 않았다. 힘을 모으고 모아 한순간에 폭발시켰다.

동시에 공의 궤적이 바깥쪽으로 흘러 나갔다.

'역시 슬라이더!'

박형수의 예상이 들어맞는 순간이었다.

따악-!

[쳤습니다! 높게 떠오른 타구! 빠르게 날아갑니다!]

이번에는 배트 플립이 없었다.

1루로 달려가며 얌전히 배트를 내려놓은 박형수의 눈에 관중석에 떨어지는 타구가 보였다.

[넘어갔습니다!! 시즌 2호 홈런을 쓰리런으로 장식합니다!]

베이스를 모두 돈 박형수가 동료들과 하이파이브를 했다.

더그아웃에 돌아온 그를 많은 선수가 반겼다.

특히 영웅은 자신의 일이라도 되는 듯 환하게 웃으며 그의 홈런을 축하했다.

"축하해요!!"

"고맙다!"

첫 경기에서 인디언스는 레드삭스에게 패했다.

하지만 박형수는 2안타 1홈런 3타점을 기록.

이날 경기에서 단연 돋보이는 타자가 됐다.

5장
무실점 행진

보스턴 원정에서 인디언스는 2승 2패의 동률로 시리즈를 마감했다.

1패 이후 2연승, 그리고 다시 1패를 했다.

4번의 경기에서 박형수는 많은 기회를 얻었다.

올 시즌 처음으로 선발 1루수로도 경기에 나섰다.

또한 지명타자로도 선을 보였다.

홈런 2개를 포함 3경기를 멀티히트 경기로 마감했다.

눈도장을 확실히 찍은 것이다.

"이야~ 이번 시리즈는 만족스럽다."

"형님은 선발이 더 맞는 거 같아요."

"그치? 나도 그렇게 생각해."

또다시 원정길에 오른 비행기 안.

첫 원정길보다는 확실히 분위기가 다운된 느낌이었다.

승패를 떠나 원정은 힘들었다.

메이저리그의 생활은 호화롭다.

전용기를 비롯해 짐을 들고 다닐 일도 없었고 최고급 호텔에서 숙식을 해결했다.

그래도 피로가 쌓이는 건 어쩔 수 없었다.

영웅과 박형수도 곧 대화를 멈추고 휴식에 들어갔다.

내일 영웅은 마운드에 서야 된다.

충분한 휴식과 정신 집중을 해야 될 때였다.

최근 영웅의 기사에는 빠지지 않는 단어가 있었다.

무실점 피칭.

현재까지 29와 2/3이닝 동안 무실점이었다.

한 타자만 더 상대하면 30이닝이 되는 상황에서 영웅이 마운드에 섰다.

인디언스의 두 번째 원정 상대는 시애틀 매리너스였다.

올 시즌 서부 지구 3위를 지키고 있었다.

하지만 타격만큼은 메이저리그 전체를 놓고 보더라도 수준급인 팀이었다. 시애틀 언론에선 매리너스가 영웅의 무실점 피칭을 깨기를 바라고 있었다.

그러나.

뻐억-!

"스트라이크!! 아우우웃!"

[또다시 삼진!! 다섯 타자 연속 탈삼진을 잡아내며 극강의 모습을 보여주는 강영웅 선수입니다!]

[6이닝 무실점!! 자신의 기록을 35와 2/3이닝으로 갱신합니다!]

굉장한 기록의 연속이었다.

영웅의 피칭은 완전무결했다.

특히 패스트볼의 무브먼트가 예술적이었다.

변화구처럼 휘어져 들어가는 90마일 후반의 빠른 공은 타자를 농락했다.

더그아웃에 돌아오는 영웅을 동료들이 맞이했다.

그들과 하이파이브를 한 뒤 벤치에 앉아 다음 이닝을 기다렸다.

'빨리 올라가고 싶다.'

쉬고 있을 때도 몸이 근질거렸다.

어서 공을 던지고 싶었다.

이런 감정은 퍼펙트게임, 노히트노런을 기록할 때와 같았다.

그때처럼 대기록을 작성하지 못했다.

그러나 분명 비슷한 감정에 휩싸여 있었다.

딱-!

기대와 달리 공격은 길게 이어졌다.

연속 안타를 기록한 인디언스가 점수를 냈다.

[순식간에 스코어를 벌리는 인디언스입니다!]

스코어는 3 대 0.

점수가 벌어지자 투수 코치가 영웅에게 다가왔다.

"다음 이닝에 나갈 수……."

"나가겠습니다!"

말이 끝나기도 전에 대답이 들려왔다.

어리둥절한 표정을 짓던 투수 코치가 미소를 지었다.

"그래, 알겠어."

대답을 한 투수 코치가 밀러 감독에게 다가갔다.

"나가겠답니다."

"그렇군."

"오늘은 잘하면 완봉까지 노려볼 수 있을 거 같습니다."

"음? 너무 이른 말 아닌가?"

"아드레날린이 분비되고 있는 거 같습니다."

두 사람은 모두 투수 출신이다. 그렇기에 피터슨이 하는 말이 무슨 의미인지 바로 알아들었다.

밀러는 힐끔 벤치에 앉아 있는 영웅을 바라봤다. 상기된 표정, 금방이라도 뛰쳐나갈 거 같은 모습.

"그렇군."

그런 시즌이 있다. 공을 던지는 거 자체가 즐거운 시즌이 말이다.

그럴 때는 앉아 있는 게 힘들다. 당장에라도 나가서 공을 던지고 싶어진다. 또한 지치지도 않았다. 얼마나 공을 던지건 제구도 흔들리지 않았었다.

같은 투수이기에 그런 걸 알고 있었다.

"앞으로 더 신경 쓰도록 해."

"알겠습니다."

그렇기에 위험하다는 것도 알았다.

스스로는 지치지 않는다고 생각하지만 육체는 아니었다.

그걸 관리를 해주는 것도 감독과 코치가 할 일이었다.

'시즌 우승을 위해선 부상을 입어선 안 되지.'

며칠 전, 밀러 감독은 구단주의 연락을 받았다.

단장이나 사장이 아닌 구단주와 통화를 하는 건 부임 이후 처음이었다.

"이번 시즌 기대하고 있습니다."

간단한 한마디였다.

하지만 그 말이 주는 압박감은 대단했다.

'우승을 위해선 네가 필요하다, 강.'

밀러의 시선이 마운드로 향하는 영웅의 등을 좇았다.

8이닝 무실점 13탈삼진.

5경기 연속 두 자릿수 탈삼진을 기록하며 시즌 5승을 기록했다.

또한 37과 2/3이닝으로 무실점 기록을 갱신.

메이저리그 신기록에 또 한 발자국 다가갔다.

[클리블랜드 인디언스의 강영웅 선수가 8이닝 무실점을 기록, 자신의 무실점 행진을 37과 2/3이닝까지 갱신했습니다.]

[메이저리그 신기록인 오렐 허샤이저가 기록한 59이닝까지 앞으로 21과 1/3이닝이 남아 있습니다.]

무실점 신기록.

오렐 허샤이저가 기록을 달성한 게 1988년의 일이었다.

그로부터 34년 만에 도전자가 나타났다.

물론 이전에도 도전자는 있었다.

가장 가까웠던 건 2015년에 잭 그레인키가 기록했던 45와 2/3이닝 기록이었다.

이 기록은 현재 전체 6위에 랭크되어 있다.

앞으로 8이닝만 더 무실점으로 경기를 이어갈 수 있다면 영웅은 이 기록과 타이를 이루게 된다.

하지만 상대가 좋지 못했다.

"이번 경기가 고비가 되겠군."

"그러게 말입니다. 상대가 LA 다저스라니."

미디어실의 기자들이 대화를 나누고 있었다.

그들의 손에는 인터리그 첫 번째 시리즈 대진표가 들려 있었다.

인디언스는 내셔널리그에서 다저스를 상대한다. 내셔널리그의 영원한 챔피언 후보인 다저스는 올 시즌 역시 지구 1위를 달리며 안정적인 전력을 보여주고 있었다.

특히 타격에서 무서운 상승세를 타고 있었다.

최근 10경기에서 팀 홈런이 무려 12개를 기록할 정도였다.

더 무서운 건 매 경기 3득점 이상씩을 하고 있다는 것이었다.

"최근에는 9승 1패를 기록하고 있을 정도로 좋은 성적이지. 그 무서운 타선에게 점수를 주지 않는 건 불가능해."

"개막 이후 연승 행진도 여기서 멈출 가능성이 높지."

"상대가 커쇼니까 말이야."

클레이튼 커쇼.

분명 험난한 산임을 부정할 수 없었다.

"그래도 또 기록을 이어가면 어떻게 될까요?"

그때 한 남자가 말했다.

앳된 얼굴의 기자였다.

그는 이제 갓 3년 차가 되는 신입이었다.

"뭐?"

"그러니까 만약에 이번 산을 넘으면 어떻게 될까요?"

"으음……."

남자의 질문에 베테랑 기자들이 고심을 했다.

그리고 나온 답은 하나였다.

"기록을 깰 수도 있겠지."

인디언스의 이후 일정을 보더라도 가능성은 높았다.

답변을 들은 남자는 침을 꿀꺽 삼켰다.

'역사적인 순간을 볼 수 있을지도…….'

천사들의 도시 LA.

2년 동안 메이저리그에 있으면서 영웅도 자주 오게 된 도시다.

올 때마다 즐거웠다.

교민이 많아서 한국적인 분위기를 느낄 수 있었다.

또한 적지인데도 홈에서 경기를 하는 것처럼 많은 응원을 받는 것도 즐거웠다.

"이야, 환영 인파 쩌네."

비행기에서 내리는 박형수가 게이트를 나서며 말했다.

그의 말대로였다.

공항에는 이미 수많은 환영 인파가 모여 있었다.

그들 대부분이 교민이었다.

"영웅 씨! 힘내요!"

"기록 기대하고 있습니다!"

"파이팅하세요!"

사람들의 응원이 쏟아졌다.

대부분 영웅을 응원하자 박형수가 입술을 쭉 내밀었다.

"인기 많아서 좋겠네?"

"에이, 형님. 저기 보세요. 엄청 예쁜 여자가 형님 응원하고 있잖아요."

"어디? 어디?!"

영웅의 손가락이 가리키는 곳에는 정말 예쁜 여자가 종이를 들고 있었다.

그 종이에는 박형수를 응원하는 문구가 들려 있었다.

게다가 한국에서 뛸 때 입었던 유니폼까지 입고 있었다.

"큭! 저런 팬한테 사인을 안 해줄 수가 없지! 짐 부탁한다!"

"예?"

대답을 듣지도 않고 박형수가 여자한테 달려갔다.

여자도 놀랐는지 눈을 동그랗게 떴다. 하지만 몇 마디를 나누더니 곧 하하호호 웃으며 분위기가 좋아졌다.

사인을 해주고는 스마트폰을 받더니 번호를 눌렀다.

'대…… 대단하다.'

어떤 의미로는 정말 대단한 사람이었다.

이렇게 사람이 많은데도 작업을 하다니 말이다.

다음 날.

다저스타디움에서 인디언스와 다저스의 시리즈 1차전이 열렸다.

뻑—!

"스트라이크!! 아웃!!"

[삼진입니다! 인디언스 7회 1사 1, 2루의 찬스를 잡았지만 점수로 이어지지 않습니다.]

인디언스의 타격은 좀처럼 터지지 않았다.

몇 번이나 기회를 잡고도 점수를 내지 못했다.

답답함이 더그아웃에 감돌았다.

'좋지 않군.'

밀러 감독의 얼굴이 찡그러졌다. 경기에 질 때도 있다. 하지만 이런 분위기는 좋지 않았다.

'거듭된 원정으로 피로가 쌓였다.'

이런 날은 부상이 찾아올 수도 있었다. 다행스러운 건 지금까지 별다른 문제가 없었던 것이다.

'내일 경기를 위해서라면 지더라도 어떻게든 점수를 내는 게 좋을 텐데.'

이미 점수 차는 벌어졌다.

다저스는 최근의 페이스처럼 엄청난 타격을 보여주었다.

기회를 잡으면 놓치지 않았다.

그 중심에는 다저스의 슈퍼스타 코리 시거가 있었다. 오늘 경기에서 3번 타석에 들어서 모두 안타를 기록했다.

그중에 한 번은 홈런이었다. 무려 5타점 경기.

올 시즌 벌써 두 자릿수 홈런을 기록한 타자다운 성적이었다.

빡─!

"볼! 베이스 온 볼!"

[또다시 주자를 내보냅니다. 이로써 무사에 주자 1, 2루!]

[오늘 인디언스 마운드는 전체적으로 난조를 겪는군요.]

[여기서 교체하겠죠?]

[아마 바꾸지는 않을 겁니다. 오늘 경기를 포기하고 투수를 아껴 남은 경기를 잡는 쪽을 택할 걸로 보입니다.]

도널드 밀러의 스타일은 확고했다.

버릴 경기는 확실히 버린다.

그로 인해 전문가나 팬들 중에는 그를 비난하는 사람들도 있었다.

하지만 두둔하는 의견이 압도적이었다.

성적 때문이었다.

인디언스는 중부 지구 1위, 아메리칸리그 전체 2위에 랭크되어 있었다.

이런 압도적인 성적 탓에 그를 지지하는 팬이 많았다.

해설 위원의 예상대로 밀러 감독은 투수를 교체하지 않았다.

'미안하지만 앞으로 2이닝만 더 던져 줘야겠어.'

뻑ー!

"볼!"

[초구부터 볼로 시작합니다.]

지친 기색이 역력한 투수가 화면에 잡혔다.

그는 이를 악물고 연신 공을 뿌렸다.

"흡ー!"

쐐애액ー!

빠르게 날아오는 공에 타자의 배트가 돌았다.

딱ー!

[잘 맞은 타구! 우익수 키를 넘깁니다! 그사이 2루 주자, 3루를 돌아 홈인!]

점점 점수 차이가 벌어지고 있었다.

시리즈 첫 경기는 패배로 끝났다.

그것도 대패였다.

무려 11 대 1의 스코어로 말이다.

팀의 분위기는 무거울 수밖에 없었다.

어려운 상황이었다.

하지만 2차전 선발인 영웅은 이런 상황에서도 몸이 근질거렸다.

그렇다고 운동을 하거나 하지 않았다.

얌전히 침대에 누워 천장을 바라보고 있었다.

아무것도 하지 않는 것처럼 보였지만 그의 머리는 맹렬히 회전하고 있었다.

'오늘 경기에서 코리 시거는 몸 쪽, 바깥쪽 가리지 않고 공을 때려냈다. 하지만 하이볼에 대해서는 반응이 느렸어. 하이 패스트볼로 공략을 해가면 된다.'

그는 체력을 비축했다.

내일 경기에서는 투수전이 될 거라 생각했기 때문이다.

그러면서도 시뮬레이션을 통해 내일 경기에 대해 대비를 하고 있었다.

그가 이렇게까지 내일 경기를 대비하는 이유는 또 있었다. 내일 경기 결과에 따라 영웅은 45이닝 무실점을 기록할 수도 있다.

그렇게 된다면.

'사이 영과 어깨를 나란히 하게 된다.'

또 한 명의 스승.

사이 덴트 영.

그 역시 45이닝 무실점이란 대업을 이룬 적이 있었다.

영웅은 지금 그 기록에 도전하고 있었다.

2차전은 일찌감치 매진됐다.

다저스타디움이 매진되는 건 드문 일이 아니었다.

하지만 며칠 전부터 표를 구할 수 없는 건 흔하지 않았다.

이유는 단연 영웅 때문이었다.

그를 보기 위한 교민들이 몰리면서 다저스타디움은 마치 한국을 보는 듯했다.

"엄청나군."

한국인 기자 오영태가 혀를 내둘렀다.

관중석에 보이는 응원 도구 중 대부분이 한국어로 쓰여 있었다.

"난 분명 LA에 왔는데 왜 잠실에 온 거 같지?"

"너도 그러냐? 나도 그렇다."

동료 기자의 대답에 피식 웃었다.

"그만큼 강영웅의 네임밸류가 높아졌다는 뜻이겠지."

"그럴 만도 하지. 매년 파격적인 행보 아니냐? 첫해에는 최연소 퍼펙트게임, 두 번째 해에는 노히트노런, 게다가 세 번째는 34년 동안 깨지지 않던 무실점 신기록에 도전 중이지."

"와…….. 알고 있었지만 다시 정리하니 정말 대단하네."

야구의 본고장.

세계에서 가장 야구를 잘하는 리그인 메이저리그.

그곳에서 역사를 써내려가고 있는 게 3년 차 한국인 선수라니.

믿기지 않았다. 야구 역사를 통틀어도 이런 선수는 드물었다.

가장 가까운 건 역시 오늘 맞상대인 클레이튼 커쇼다.

그러나 기록을 비교하면 영웅이 더 좋았다.

'오늘 경기가 기대되는 이유지.'

이곳까지 보내준 회사가 고마울 따름이었다.

"시작된다."

경기 전 행사가 끝났다.

클레이튼 커쇼가 마운드에 섰다.

더그아웃에서 자신의 차례를 기다리는 영웅의 모습도 보였다.

"플레이볼!"

연습 투구가 끝나고 타자가 타석에 들어왔다.

구심이 경기 시작을 알렸다.

1번 타자는 작년 시즌 인디언스의 리드오프가 된 조 파렐이었다. 올 시즌 역시 빠른 발이 돋보였다. 자신이 때린 32개의 안타들 중 11개가 내야 안타였다. 도루 역시 9개를 기록, 아메리칸리그 공동 3위에 올라 있었다.

성공률은 100퍼센트.

9번 도전해 모두 성공시켰다.

하지만 그의 진가가 드러나기 위해선 출루를 해야 된다.

출루를 위해선 세 가지 방법이 있다.

뻑―!

"스트라이크!!"

뛰어난 선구안으로 볼넷을 골라내는 방법.

후웅―!

뻑―!

"스트라이크!! 투!!"

바운드 볼을 때려 공보다 빨리 베이스에 도착하는 방법.

뻑―!

"스트라이크!! 아웃!"

마지막으로는 몸에 공이 맞는 방법이 있다.

[삼구삼진!! 첫 타자 조 파렐 선수 스탠딩삼진으로 물러납니다!]

[초구와 2구 모두 변화구를 바깥쪽에 던져 혼란스럽게 만든 뒤, 마지막 3구를 빠른 공으로 몸 쪽에 붙였습니다. 정말 대단한 커맨드입니다.]

단 3개의 공을 던졌을 뿐이다.

하지만 야구를 볼 줄 아는 사람들은 알 수 있었다.

커쇼의 컨디션이 좋다.

예상대로 커쇼는 세 명의 타자를 가볍게 돌려세웠다.

삼진, 유격수 앞 그라운드볼, 중견수 플라이.

타자들은 별다른 힘을 쓰지 못했다.

[클레이튼 커쇼! 1회를 가볍게 삼자범퇴로 이닝을 마감합니다!]

인디언스 선수들이 하나둘 글러브를 들었다.

"먼저 갑니다!"

가장 빨리 더그아웃을 나선 건 영웅이었다.

그는 누구보다 일찍 달려서 마운드에 도착했다.

"이야~ 기운이 넘치는데?"

"그러게 말이야."

미디어실의 기자들이 웃으며 말했다.

그때 중년의 기자가 찬물을 끼얹었다.

"너무 기운이 넘쳐서 오버 페이스가 아니었으면 좋겠어."

오버 페이스.

선수들이 가장 조심해야 될 부분이었다.

그사이 연습 투구가 끝났다.

다저스의 1번 타자가 타석에 들어섰다.

"닉 가드만. 타율 4할 1푼 7리, 출루율 6할, 도루 11개. 엄청나군."

선수의 정보를 본 오영태가 고개를 저었다.

메이저리그 4년 차에 꽃을 피운 닉 가드만은 괴물 같은 시즌을 보내고 있었다.

시즌 초반임을 감안해도 타율 4할과 출루율 6할은 믿을 수 없는 성적이었다.

"조심스럽게 상대하겠지?"

대부분 사람이 그렇게 생각했다.

다저스의 모든 공격은 닉 가드만에게서 시작된다.

그를 내보내면 빠른 발과 엄청난 주루 센스에 말려 자신의 투구를 못할 가능성이 높았다.

지금까지 대부분의 투수는 그 패턴에 다저스에게 패하고 말았다.

[강영웅 선수, 와인드업 합니다.]

'바깥쪽!'

포심 그립을 잡은 영웅이 릴리스 포인트에서 공을 챘다.

채는 순간 검지에 힘을 강하게 주었다.

쐐애애액-!

좌타자인 닉 가드만은 바깥쪽을 찔러오는 공을 보고 눈을 빛냈다.

'포심!'

뒤로 살짝 뺐던 디딤발을 홈플레이트 부근으로 내디뎠다.

클로즈드스텝이었다. 뒤이어 배트가 콤팩트한 스윙과 함께 나왔다. 강한 힘이 담겨 있지 않았다.

닉 가드만은 작은 체격의 선수다.

파워도 다른 선수들에 비해 턱없이 모자랐다. 그가 마이너 리그에서 5년간 두각을 나타내지 못했던 이유다.

하지만 그는 포기하지 않았다. 피나는 노력으로 자신의 장점을 살려냈다. 선구안과 정확한 타격 능력이었다.

'네 기록은 여기까지다!'

먹이를 노리는 맹수처럼 배트가 정확히 공의 궤적과 맞아갔다.

그때였다.

'어?'

공이 흔들렸다.

공의 궤적도 변했다.

스윙의 궤적에서 더 밖으로 도망쳤다.

"큭!"

급하게 상체를 숙여 도망치는 공을 때렸다.

딱—!

"파울!"

그러나 자세가 무너진 상황에서 제대로 된 타구가 나올 리 없었다.

3루 라인을 벗어나는 파울이 나왔다.

'제길!'

궤적이 투심 패스트볼처럼 휘었다.

하지만 투심은 아니었다.

'지저분한 공을 던진다고는 들었지만.'

닉 가드만이 입술을 깨물었다.

머리가 복잡해졌다.

포심이라 생각했는데 궤적은 전혀 달랐다.

'평소보다 히팅 포인트를 더 앞에 두고 때린다.'

방금 전 공은 홈플레이트 직전에서 변화를 시작했다.

그렇다면 변화가 일어나기 전에 때리는 게 정답이었다.

하지만 그 사실은 영웅도 알고 있었다.

[2구 던집니다.]

쐐애애액-!

빠르게 날아오는 공에 일찌감치 스윙이 시작됐다. 그 순간 공이 밑으로 뚝 떨어졌다.

'떨어지는 슬라이더!'

급하게 손목을 꺾어 배트를 잡았다.

퍽-!

스윙이 절반쯤 돌다 멈췄다. 가드만은 급하게 배트를 거두었다.

"스윙?"

그때 페르나가 일어나 3루심에게 스윙 여부를 확인했다.

3루심이 주먹을 불끈 쥐었다.

"스윙!"

뒤이어 구심이 스윙을 인정했다.

'칫…….'

가드만의 얼굴이 일그러졌다. 너무 일찍 스윙을 시작했다.

'초구를 너무 신경 썼다.'

평소라면 공의 변화를 본 뒤에 스윙을 시작했을 거다. 하지만 초구에 봤던 테일링 패스트볼에 너무 신경을 쓰고 말았다.

'제길……!'

가드만은 애써 침착을 유지하려 했다.

그러나 이미 승부의 추는 영웅에게 넘어갔다.

[3구, 던졌습니다!]

쐐애애액-!

빠르게 날아오는 공의 궤적과 배트의 궤적이 크로스됐다.

뻑-!

"스트라이크!! 아웃!!"

[첫 타자 삼구삼진! 타율 4할의 맹타를 휘두르는 가드만 선수를 삼진으로 돌려세웁니다!]

[올 시즌 닉 가드만 선수가 삼구삼진을 당하는 건 처음입니다.]

[마지막 하이 패스트볼은 라이징성으로 들어갔습니다. 가드만 선수는 처음 보는 공이었으니 커트하기도 어려웠을 겁니다.]

투수와 타자의 대결은 만난 횟수에 따라 승자가 결정되는 경우가 많았다.

얼마나 공에 익숙해져 있느냐에 따라 타자는 투수의 공을 잘 공략할 수 있었다.

그런 점에서 봤을 때 인터리그는 투수에게 매우 유리한 제도였다.

1년에 약 50경기가량을 치르기 때문에 타자가 투수의 공에 익숙할 일은 거의 없다.

또 한 가지.

기자들의 생각은 모두 틀렸다.

다저스의 타선이 폭발적이라 하더라도 그건 어디까지나 영웅 이외의 투수들을 상대로 나온 전적이었다.

뻑-!

"스트라이크!! 아웃!"

[두 타자 연속 삼진!]

영웅을 상대로는 올 시즌 처음 만나는 타자들이다.

즉, 그간의 성적은 모두 초기화시켜야 된다는 소리였다.

딱-!

"파울!"

[또다시 파울입니다! 연달아 던진 패스트볼에 코리 시거 선수 타이밍을 맞추지 못합니다!]

[강영웅 선수의 패스트볼은 무척 지저분합니다. 홈플레이트 위에서 엄청난 변화를 일으키기 때문에 첫 타석에서 제대로 타이밍을 잡기 어렵습니다.]

오늘 경기 처음으로 4개의 공을 던진 영웅이다.

패스트볼 3개, 슬라이더가 1개였다.

'또다시 패스트볼이 온다면 이번에는 날려주마!'

코리 시거가 이를 악물었다.

마운드 위의 영웅이 상체를 비틀었다.

'제길! 작년보다 더 공이 보이지 않는다!'

영웅의 투구 폼은 작년과 조금 더 달라져 있었다.

비틀림이 조금 더 심해진 것이다. 그로 인해 공에 실리는 힘이 더 강해졌다. 동시에 디셉션 효과도 작년보다 더 높아졌다.

다리를 내디디며 상체를 회전시켰다. 발이 마운드 위에 닿았지만 그때까지도 공은 보이지 않았다.

그때 갑자기 가슴이 앞으로 쑥 나오더니 공이 나타났다.

쌔애애액-!

'큭!'

정말 갑자기 나타나는 느낌이었다. 덕분에 코리 시거의 스윙은 평소보다 한 박자 늦었다.

그리고 그건 패배로 이어졌다.

후웅-!

뻑-!

"스트라이크!! 아웃!"

[또다시 삼진! 1회 탈삼진 3개를 기록하며 이닝을 마감합니다!]

슈퍼스타 두 사람의 대결.

첫 대결은 영웅의 승리로 돌아갔다.

6장
대기록

영웅과 커쇼는 지금까지 총 3번을 만났다.

그리고 모두 완벽한 투수전을 펼쳤다.

4번째 경기인 오늘도 마찬가지였다.

뻑ー!

"스트라이크!! 아웃!"

[또다시 탈삼진을 추가하는 클레이튼 커쇼! 오늘 경기 6번째 탈삼진을 잡아냅니다!]

[9명의 타자를 상대해서 6개의 탈삼진이라니. 정말 놀라울 따름입니다.]

레인보우 커브를 앞세운 커쇼는 완벽한 피칭을 이어갔다.

그리고 그건 영웅도 마찬가지였다.

3회 말.

마운드에 오른 영웅은 세 타자를 상대로 2개의 탈삼진을 더했다.

9명의 타자를 상대로 뽑아낸 탈삼진은 모두 7개.

탈삼진을 잡아내는 능력은 커쇼보다 한 수 위였다.

[메이저리그 탈삼진 전체 1위에 올라 있는 강영웅 선수! 오늘도 그 경이로운 능력을 뽐내고 있습니다!]

"강! 영! 웅!"

"강영웅 멋있다!"

"또 잡아버려!!"

다저스타디움에서 영웅에 대한 응원이 쏟아졌다.

한국어로 된 응원도 있었지만 영어로 보내는 응원들도 있었다.

한국에서 영웅의 인기는 당연히 높았다. 그가 선발에 나서는 날이면 인터넷 접속자는 50만 명이 훌쩍 넘었다. 때로는 100만 명에 육박할 때도 있었다.

KBO 경기의 경우 평균 접속자가 5만에서 7만 명 수준이었다. 많아야 10만 명을 조금 넘었다.

엄청난 수치라는 걸 알 수 있었다.

그렇다고 미국에서의 인기가 낮은 건 아니었다.

홈인 클리블랜드를 넘어 미국 전역에서 그를 응원하는 팬이 많았다.

강력한 강속구와 위력적인 구위.

그리고 어떤 타자라도 피하지 않는 승부욕까지.

또한 영웅적인 면모까지 있었다.

그를 좋아하지 않을 수 없었다.

퍽—!

"아웃!"

[4회 초! 클레이튼 커쇼는 또다시 삼자범퇴로 이닝을 마감합니다. 현재까지 압도적인 피칭으로 퍼펙트를 기록하고 있는 커쇼 선수입니다.]

커쇼는 흔들림이 없었다.

오히려 영웅의 피칭을 보고 더욱 불이 붙는 느낌이었다.

'재밌어, 정말 재밌어!'

그건 영웅도 마찬가지였다.

웃으며 마운드에 오르는 영웅을 보며 오영태 기자가 혀를 내둘렀다.

'리그 전체 1위 타선을 상대로도 저런 미소를 보일 수 있다니. 나보다 어린 거 맞아?'

자신이라면 흉내도 낼 수 없는 배짱이었다.

'어쨌건 두 투수의 실력은 대등하다. 그럼 승부의 열쇠는……'

오영태의 시선이 타석으로 향했다.

그리고 고개를 돌려 수비들을 바라봤다.

'양 팀의 타자들이 쥐고 있겠어.'

타자일순이 된 4회.

통계적으로 보더라도 가장 점수가 나기 쉬운 이닝이었다.

그리고 타석에는 4할 타자 닉 가드만이 들어섰다.

'이번 이닝은 조심해야 돼.'

페르나가 신중하게 사인을 냈다. 외곽으로 흘러나가는 슬라이더였다. 영웅은 고개를 저었다.

'정면 승부 하겠어.'

직접 사인을 보냈다.

멍하니 그 모습을 보던 페르나가 이를 악물었다.

'어쩔 수 없지. 투수가 승부를 하고 싶다는데 무시할 순 없어.'

페르나가 다시 사인을 냈다.

패스트볼. 몸 쪽에 붙는 코스였다. 마음에 든 듯 영웅이 고개를 끄덕였다.

그리고 공을 뿌렸다.

쐐애애액-!

딱-!

[잘 맞은 타구!]

정확한 포인트에서 공이 맞았다. 첫 타석에서 타이밍을 이미 경험했기에 나올 수 있는 타격이었다.

타구가 3루 라인 위를 날았다.

[페어냐? 파울이냐?!]

공이 떨어졌다.

"파울!"

3루심의 손이 라인 밖을 가리켰다.

[다행스럽게도 파울이 됩니다.]

[타이밍은 맞았지만 공에 힘이 있어서 배트가 밀렸습니다.]

'쳇, 조금 더 일찍 쳐야겠군.'

구위가 예상보다 강했다. 아쉬워하는 가드만을 보는 페르나는 전략을 수정했다.

'빠른 볼만 노리고 있었다. 변화구를 통해 복잡하게 만들 필요가 있겠어.'

2구는 변화구 사인을 냈다.

영웅도 그것에 따랐다.

하지만 가드만의 선구안은 리그에서 톱 수준이었다.

뻑—!

"볼!"

[고속 슬라이더에 배트 나오지 않습니다.]

[대단한 선구안이네요. 저 변화구에 속지 않다니 말입니다.]

3구는 큰 폭으로 떨어지는 커브였다.

하나 이번에도 배트는 나오지 않았다.

[투 볼 원 스트라이크가 됩니다. 오늘 경기 처음으로 불리한 카운트가 되었습니다.]

[6할의 출루율을 보유한 선수답게 유인구를 잘 고릅니다.]

이제 피할 수 없었다. 쓰리 볼이 된다면 불리해진다.

페르나의 사인이 포심 패스트볼을 요구한 건 당연한 일이었다.

그리고 가드만 역시 그것을 알았다.

'아웃 코스 아니면 센터로 올 거다. 구종은…….'

반드시 스트라이크를 잡아야 되는 상황. 그렇다면 맞더라도 장타가 될 확률이 적은 구종을 택할 게 분명했다.

'가장 자신 있는 패스트볼을 던지겠지.'

문제는 무브먼트의 종류다.

좌우로 움직이는 테일링 무브먼트를 보여줄 것인지 상하의 움직임이 적은 라이징 무브먼트일지.

택일을 해야 되는 상황이었다.

'바깥쪽이라면 테일링, 센터라면 라이징일 확률이 높다.'

영웅이 비틀림을 풀면서 공을 뿌렸다.

그 역시 이번이 승부구라는 걸 알고 있었다. 그렇기에 평소보다 더 강하게 공을 쳤다.

쐐애애액-!

맹렬히 회전하는 공이 센터를 찔러왔다.

'라이징!'

판단은 빨랐다. 가드만의 스윙이 콤팩트하게 나왔다.

'이 녀석의 공은 덜 떨어진다.'

1회에 그것을 학습했다.

그렇기에 평소보다 스윙의 궤적이 높았다. 한데 공의 궤적은 그보다 낮게 들어오고 있었다.

'아니?!'

게다가 느렸다. 분명 포심의 궤적을 그리고 있는데도 불구하고 말이다.

후웅-!

배트가 먼저 스윙을 끝냈다. 하지만 공은 여전히 날아오고 있었다.

퍽-!

"스…… 스트라이크!!"

구심도 놀랐는지 말을 더듬었다.

스윙을 한 자세로 가드만의 얼굴이 일그러졌다.

[타…… 타이밍을 완벽히 뺏긴 가드만 선수! 헛스윙으로 투 스트라이크를 잡았습니다! 방금 전 스윙이 너무 일찍 끝나지 않았습니까?]

[타이밍을 완전히 뺏겨서 그렇습니다.]

[타이밍을 뺏겨요?]

[그렇습니다. 오늘 강영웅 선수는 포심 패스트볼의 평균 구속이 96마일이 찍혔습니다. 하지만 방금 전 던진 공의 구속은…….]

[92마일이네요?]

[예, 4마일의 속도 차를 줘서 가드만 선수를 완전히 속인 겁니다.]

[대…… 대단하군요.]

속도를 줄인다. 매우 간단한 일이지만 어려운 일이었다.

메이저리그는 한 치의 실수가 곧 실점으로 이어지는 무대였다.

모든 선수가 톱클래스이기 때문이다. 게다가 영웅은 대기록을 작성 중이다. 실점은 곧 기록이 실패한다는 걸 의미함에도 그는 구속을 늦추는 도박을 했다.

일종의 승부수였다. 그리고 이겼다.

그 대가는 매우 달콤했다.

'오늘 처음 던진 페이스 다운 된 패스트볼이었다. 머리에 각인됐을 게 분명해.'

투수와 타자의 대결은 상대의 생각을 읽는 것이다.

투수는 타자가 노리는 코스와 구종을 빗나가게끔 선택을 한다.

타자는 반대다. 투수가 던질 공과 코스를 예상하고 때려야 한다. 그렇기에 상대의 머리를 복잡하게 할수록 자신에게 유리해진다.

'테일링, 라이징 무브먼트에 체인지 오브 페이스의 패스트볼까지?'

타석에서 물러난 가드만이 스윙을 하며 생각을 정리했다.

체인지 오브 페이스의 구종.

흔히들 체인지업을 일컬을 때 사용하는 말이다.

하지만 엄연히 상대의 타이밍을 뺏는 구종을 말한다.

그런 점에서 봤을 때 방금 전 패스트볼은 분명 거기에 합당한 공이었다.

"미치겠군."

메이저리그에는 괴물이 산다.

한데 지금 마운드에 있는 건 괴물을 잡아먹는 괴수였다.

"플레이볼!"

'하지만 나 역시 호락호락하게 물러나지 않겠어!'

가드만이 배터 박스 뒤로 물러났다. 그리고 극단적으로 배트를 짧게 쥐었다. 어떤 공이라도 대응을 하겠다는 의지였다.

그것을 본 영웅은 직접 사인을 냈다.

'같은 생각이야.'

페르나 역시 저 사인을 낼 생각이었다. 둘의 마음이 맞았다.

영웅은 와인드업과 함께 전력을 다해 공을 뿌렸다.

"차앗!"

쐐애애액-!

기합까지 터뜨리며 뿌린 공이 대각선을 가로질렀다.

'몸 쪽!'

가드만의 스윙도 시작됐다.

하지만 배트는 나오지 않았다.

'웨이트! 웨이트! 웨이트!'

영웅의 공은 변화무쌍하다.

특히 홈플레이트 직전에서 변화를 일으키기 때문에 매우 처리하기 까다롭다. 그렇기에 배터 박스 뒤에 섰다.

변화를 끝까지 보고 대응하기 위해서다.

또 한 가지.

가드만은 허리와 하체의 회전을 시작했으면서도 상체는 멈춰 세웠다.

마지막 순간까지 공을 보고 치겠다는 생각이었다.

쉬운 일은 아니다.

하체가 돌아가면 상체 역시 그 반동으로 돌아가려는 성향이 있다.

그걸 잡아준다는 건 매우 어렵다.

또한 배트 스피드가 뒷받침 되지 않으면 안 된다.

늦게 배트가 나오는 만큼 때릴 수 있는 타이밍이 한정되기 때문이다.

쉬익-!

그때였다.

홈플레이트 앞에서 흰색 선이 흔들렸다.

'변했다!'

변화를 일으킨 공은 조금 더 안쪽으로 휘어 들어왔다.

'커터!'

후웅―!

배트를 돌렸다.

'이번에야말로!!'

녀석의 공을 때린다.

그렇게 생각했다.

그 순간, 궤적이 다시 한번 변화했다.

정확히는 가드만의 시야에서 갑자기 공이 사라진 것이다.

후웅―!

"큭!"

퍽―!

배트는 허공을 갈랐다.

공은 원 바운드가 되어 페르나가 안정적으로 블로킹을 했다.

"터치."

페르나의 목소리에 가드만의 얼굴이 일그러졌다.

"아웃!"

[두 번째 타석도 삼진! 떨어지는 공에 다시 한번 헛스윙이
나왔습니다!]

[스플리터로 보였는데요. 아주 멋진 공이었습니다.]

스플리터는 포크볼과 다른 구종이었다.

더 빨랐고 변화는 적었다.

한 가지 공통점은 수직으로 뚝 떨어지는 궤적이었다.

'종과 횡으로 동시에 변했다.'

가드만이 헛스윙을 한 이유였다.

불가능한 건 아니다.

스플리터의 그립은 검지와 중지를 벌려서 잡는다. 포크볼과 같지만 벌어지는 각도가 더 짧았다.

이론적으로 중지에 더 힘을 주면 좌타자의 몸 쪽으로 파고들다 떨어진다. 그러나 이런 변화를 주기 위해서는 제구가 불안정할 수밖에 없었다.

'그걸 제대로 던졌어.'

크로스 파이어로 들어오는 변화구.

그것도 종과 횡으로 동시에 변하는 스플리터.

이 두 가지는 가드만을 잡아먹기에 충분했다.

[이번 아웃 카운트로 무실점 행진은 정확히 41이닝이 됐습니다!]

[세계 최고의 선수들이 모이는 메이저리그, 그곳에서도 역사가 되어버린 기록에 도전하는 강영웅 선수. 정말 경이롭습니다!!]

딱-!

[2구를 타구! 원 바운드 된 공이 유격수에게 잡힙니다. 1루에 송구! 아웃입니다. 투 아웃!]

이번에도 결정구는 스플리터였다.

그저 종으로 떨어지는 게 아닌 종과 횡으로 변하는 스플리터.

그렇기에 타이밍을 뺏길 수밖에 없었다.

[타석에는 슈퍼스타 코리 시거 선수가 들어섭니다.]

[첫 타석에서 삼진으로 돌려세웠지만 두 번째인 만큼 신중하게 대결을 해야 합니다.]

신중한 대결.

모든 사람의 머릿속에 그 단어가 각인됐다.

하지만 단 한 명.

영웅에게만은 아니었다.

'선발 투수가 해야 될 건 상대 타자를 잡아먹는 거다!'

경기의 흐름은 여전히 비등했다.

영웅이 압도적인 피칭을 이어갔지만 그건 커쇼 역시 마찬가지였다.

그 흐름을 가져와야 했다.

그러기 위해서는 상대 타선 중 가장 강력한 타자를 압도하는 게 최고였다.

뻑-!

"스트라이크!!"

[아웃 코스 낮은 곳에 날카롭게 꽂힙니다! 구속은 98마일!]

영웅의 구속이 다시 높아졌다.

코리 시거를 상대로 전력을 다한 것이다.

구속과 제구는 반비례했다.

구속이 높아지면 제구가 흔들리고 제구가 날카로워지면 구속이 떨어진다.

영웅도 다르지 않았다.

90마일 중후반의 평균 구속을 가졌지만 전력은 아니었다.

제구를 위해 힘을 아끼고 있었다.

또한 100구 이상의 공을 던지기 위한 완급 조절도 했다.

하지만 지금은 아니었다.

그는 슈퍼스타를 맞이해 전력을 다했다.

타닥—!

와인드업에서 발을 내디딘 영웅은 상체를 빠르게 회전시켰다.

'더! 더! 더!'

상체의 회전이 이전보다 더 빨랐다.

또한 그에 따라오는 팔의 동작 역시 커졌다.

마지막 순간 공을 긁는 손끝의 힘 역시 이전보다 강해졌다.

'빠르게!'

쐐애애애액—!

"큭!"

코리 시거가 이를 악물었다.

이전의 이미지를 가지고 배트를 돌렸다.

한데 공이 더 빠르게 날아오고 있었다.

'제길!'

후웅—!

배트가 돌았고 그 위를 공이 지나갔다.

뻐억—!

"스트라이크!! 투!"

[헛스윙 합니다! 힘으로 코리 시거를 눌러 버리는 강영웅 선수입니다!]

[이번 공의 구속이 100마일이 찍혔습니다. 메이저리그 진출 이후 처음인 거 같은데요.]

[MLB.COM에서도 강영웅 선수의 최고 구속은 99마일로 기록되어 있습니다. 종전 자신의 기록을 갱신하는 강영웅 선수입니다!]

코리 시거의 얼굴이 일그러졌다.

'이전보다 공이 더 빨라졌다.'

공략하려 할수록 더 강해지고 있었다.

이런 투수를 상대하는 건 처음이었다.

'하지만 난 코리 시거다! 다저스의 슈퍼스타라고!'

타석에 들어선 코리 시거의 눈이 사납게 영웅을 노려봤다.

승부욕에 불이 붙었다.

어떻게든 때려내고 말겠다는 의지가 전해졌다.

'눌러 버려!'

영웅이 와인드업을 했다.

이전보다 더 깊숙하게 상체를 비틀었다.

[트…… 트위스트가 평소보다 더 비틀렸습니다!]

'더 강하게……. 더 빠르게!'

휘릭-!

상체의 회전이 시작됐다.

동시에 다리를 뻗어 홈플레이트를 향해 깊숙하게 내디뎠다.

타닥-!

평소보다 반발자국은 더 앞에서 마운드를 밟았다.

뒤이어 상체의 회전이 빠르게 돌아갔다.

'강하게!!'

채찍처럼 뻗어 나온 팔에서 공이 뿌려졌다.

쐐애애애액-!

엄청난 회전을 보인 공이 존의 정중앙을 파고들었다.

'세 번 연속 포심!! 당하지 않는다!'

코리 시거의 스윙도 스타트를 했다.

'끌어당겨서 넘겨 버리겠어!'

시거는 배트에 모든 힘을 집중시켰다. 맞으면 넘어간다.

엄청난 파워가 담긴 배트가 홈플레이트 위를 지났다.

그리고 공은 그 위를 지나가고 있었다.

뻐억-!

공이 미트에 꽂혔다.

부앙-!

배트가 허공을 가로질렀다.

"스트라이크!! 아웃!!"

[사…… 삼구삼진!! 코리 시거 선수를 또다시 삼진으로 돌려세웁니다! 이…… 이번 공의 구속은 101마일이 찍혔습니다! 자신의 종전 신기록을 다시 한번 갱신합니다!]

101마일. km/h로 환산하면 162km/h였다.

[또한 자신의 무실점 행진은 41과 2/3이닝으로 늘리는 강영웅 선수입니다!!]

경기 시작 전, 많은 전문가가 영웅의 기록이 깨질 거라 예상했다.

다저스의 타선이 그만큼 강했기 때문이다.

하지만 영웅은 전문가들의 예상을 뛰어넘고 있었다.

뻐억-!

"스트라이크!! 아웃!"

[탈삼진 13개째! 6회에도 무실점으로 이닝을 막고 마운드를 내려옵니다!]

투구 수 77개.

한 이닝당 평균 12개의 공으로 다저스의 강타선을 막아내고 있었다.

전문가들은 깨달았다.

'우리의 예상치를 넘어서는 선수다.'

그리고 또 한 가지.

'작년이 커리어하이가 아니었어!'

영웅은 성장했다. 아니, 하고 있었다. 어찌 보면 당연한 일이었다. 이제 고작 23살의 선수다. 고교 졸업 이후 곧장 미국에 진출했다.

마이너리그에서의 1년, 그리고 파격적인 빅 리그 콜업 이후 신인왕을 따냈다.

메이저리그 2년 차에서는 자신의 커리어하이 시즌을 보낸 뒤 사이영 상까지 타내는 영광을 안았다.

파격적인 행보였다.

메이저리그 전체 역사를 보더라도 이만큼 강한 임팩트를 준 선수는 없었다.

상식을 넘어서는 선수.

그렇기에 예상도 전망도 내놓을 수 없었다.

'그는 이미 전문가들의 손을 떠났어.'

오영태 기자는 미디어실을 보며 느꼈다.

10년 차 이상의 베테랑 기자들이 모여 있는 이곳에 당혹감이 느껴지고 있었다.

'선배가 올 수 없어서 내가 온 게 행운이었다. 내 견문을 넓힐 수 있는 계기가 됐어.'

오영태는 눈을 빛냈다.

'일거수일투족을 관찰하자.'

영웅을 바라보며 그는 기사의 뼈대를 잡기 시작했다.

44과 2/3이닝.

7회를 끝낸 영웅의 기록이었다.

[앞으로 4명의 타자만 더 잡아낸다면 전설의 투수! 사이영과 어깨를 나란히 하게 됩니다!]

영웅이 노리던 기록이다.

그런데 어째선지 영웅의 머릿속에는 그 기록이 없었다.

'빨리 던지고 싶어.'

오직 한 가지 생각만이 그를 지배하고 싶었다.

지금의 감각을 잃고 싶지 않았다. 공격이 끝나고 자신이 마운드에 오를 그 순간이 고대됐다.

딱—!

[평범한 그라운드볼! 투수가 직접 잡아 송구합니다.]

퍽—!

[아웃입니다! 이번 이닝도 3명의 타자로 마감하는 클레이튼 커쇼! 강합니다. 너무 강합니다! 8회까지 단 1안타 1볼넷을 허용하며 무실점 피칭을 이어갑니다!]

8이닝 무실점 13K.

클레이튼 커쇼는 자신이 왜 메이저리그를 대표하는 투수인지 증명하고 있었다.

8회.

대부분의 경기에서 승부의 추가 기울었을 이닝이다.

하지만 두 팀을 합쳐서 나온 안타는 고작 2개. 사사구는 단 하나에 불과했다.

메이저리그라는 최고의 무대, 최고의 선수들로 꾸려진 시합에서도 두 투수는 돋보였다.

[8회 말! 강영웅 선수가 마운드에 다시 오릅니다!]

마운드에 오른 영웅을 상대하기 위해 타자가 타석에 들어섰다.

'즐겁다! 공을 던지는 게 재밌어!'

와인드업을 한 영웅이 초구를 뿌렸다. 그의 손을 떠난 공이 빨랫줄처럼 미트와의 거리를 좁혔다. 중간에 방해하는 것이 나타났지만 살아 있는 생명인 양 밑으로 뚝 떨어져 피했다.

퍽-!

"스트라이크!!"

[스플리터로 초구 스트라이크를 잡아냅니다!]

오늘 경기에서 뭔가 이상했다. 평소보다 집중력이 높아졌고 모든 게 잘 보였다. 붕 뜬 기분과 함께 손끝의 감각이 날카로워졌다.

상반된 감정이지만 분명 그렇게 느껴졌다. 무엇보다 피로감이 없었다.

[92구째 던집니다!]

뻑-!

"스트라이크!! 투!"

[96마일의 빠른 공이 미트에 꽂힙니다! 여전한 스피드를 내고 있는 강영웅 선수! 지치지 않는 체력입니다!]

'계속 던지겠어!'

후웅-!

빠악-!

"스트라이크!! 배터 아웃!"

[삼구삼진!! 93마일의 빠른 공이 배트를 지나칩니다! 이로써 탈삼진 18개째를 기록합니다!]

[그것만이 아닙니다. 이번 아웃 카운트로 강영웅 선수는 전설적인 투수인 사이 영과 어깨를 나란히 하게 됐습니다.]

[그…… 그렇군요! 사이 영 선수 역시 45이닝 무실점이란

기록을 가지고 있었습니다. 그리고 지금! 강영웅 선수는 그와 타이 기록을 이루게 됩니다!]

영웅이 주먹을 작게 쥐었다.

첫 번째 목표는 이루었다. 하지만 경기는 끝나지 않았다.

또 한 가지.

그의 시선에 또 하나의 기록이 사정권에 들어왔다.

'던져라, 계속 던져!'

영웅의 승부욕은 아직 잠들지 않았다.

8회 무실점.

영웅은 3명의 타자를 상대로 2개의 탈삼진을 뽑아냈다.

이로써 잭 그레인키의 45와 2/3이닝과 동률을 이루게 되었다.

그리고 또 하나의 기록을 눈앞에 두고 있었다.

탈삼진 19개.

종전 자신의 최고 기록이었던 18개를 뛰어넘는 수치다.

또한 9회까지 공을 던지게 된다면 메이저리그 신기록 중 하나인 20탈삼진 기록에 단 1개만을 남겨두고 있었다.

[아직 강영웅 선수에게는 9회 말이 남아 있지 않습니까? 만약 2타자를 더 삼진으로 돌려세운다면 신기록을 깰 수 있습니다.]

한국 중계진은 그 가능성에 대해 이야기하고 있었다.

그건 한국만이 아니었다.

미국 역시 탈삼진 신기록 갱신에 대한 이야기를 꺼냈다. 정규 이닝 20탈삼진을 기록한 투수는 지금까지 총 4명이다.

가장 최근 기록은 2016년 맥스 슈어저가 달성했다. 만약 이 기록을 갱신한다면 1986년 로저 클레멘스가 달성한 이래 36년만의 일이 된다.

[문제는 강영웅 선수의 투구 수입니다. 이미 106구를 기록하고 있는 시점에서 과연 9회에도 등판할 수 있을지 의문입니다.]

[하지만 신기록이 걸려 있기 때문에 출전을 시키지 않을까 합니다.]

대부분의 사람은 당연히 출전시킬 거라 생각하고 있었다.

그건 현장에 있는 사람들 역시 마찬가지였다.

심지어는 적장인 다저스의 감독 로버트 역시 같은 생각을 하고 있었다.

'이대로 기록의 제물이 될 순 없지.'

그는 영웅이 등판할 것을 고려, 백업 선수지만 영웅에게 괜찮은 선수를 찾고 있었다.

대타 작전을 쓸 생각이었다.

그런 상황에서 인디언스 더그아웃이 술렁였다.

"교체…… 라고요?"

영웅이 밀러에게 되물었다.

"그래, 만약 로우니가 안타를 치고 나간다면 난 자네를 교체하고 싶네."

내셔널리그에는 지명타자 제도가 없기 때문에 이후에는 영웅이 타석에 서야 했다.

앞서 두 번의 타석에서 영웅은 병살타와 내야 뜬공으로 물러났다.

모두 주자가 있는 상황이었다.

즉, 오늘 영웅의 타격은 형편없었다. 진루타도 어려웠고 그렇다고 번트를 시키기도 애매했다.

부상의 위험 때문이다.

그래서 밀러 감독은 영웅을 교체하고 싶었다. 마지막 기회라 판단을 내렸기 때문이다.

"싫습니다. 다음 이닝에도 나가고 싶습니다."

영웅은 거절했다.

대기록이 눈앞에 다가온 상황이었다.

만약 이번에 실패한다면 그것을 언제 또 잡을 수 있을지 몰랐다.

이번 기회를 놓치고 싶지 않았다.

"으음……."

밀러 감독의 볼 살이 씰룩였다.

현재 인디언스는 2연패를 하고 있는 상황이다. 오늘 경기를 잡지 못한다면 3연패로 이어질 수도 있다. 그렇기에 오늘 경기는 어떻게든 잡고 싶었다. 시기가 좋지 않았기 때문이다.

원정으로 지친 심신에 연패에 빠진 상황.

분위기를 반전시키고 홈으로 돌아갈 필요가 있었다.

하지만 이제 방법이 없었다.

의견을 물어봤다는 것 자체가 선택을 영웅에게 넘긴 거였기 때문이다.

"후우…… 알겠네."

"준비하러 가겠습니다."

영웅이 방망이를 들고 대기 타석으로 향했다.

그 모습을 바라보는 밀러 감독의 얼굴에는 불편한 빛이 나타났다 사라졌다.

9회 초.

오늘 유일한 안타를 기록했던 로우니가 안타를 때려냈다.

[로우니 선수 양 팀 통틀어 유일한 멀티히트를 기록합니다.]

무사 1루의 찬스.

그리고 타석에는 영웅이 들어섰다.

[정상적인 상황이라면 여기서 대타가 나올 수도 있지만 아무래도 대기록이 달려 있다 보니 강영웅 선수를 그냥 출전을 시킵니다.]

[번트 작전이 나올까요?]

[가능성은 있습니다만 제 생각에는 하지 않을 거 같습니다.]

[왜죠?]

[번트는 부상의 위험이 큽니다. 물론 훈련을 꾸준히 합니다만 그렇다고 위험이 없지는 않습니다. 아마 히트 앤드 런 작전을 쓰지 않을까 싶습니다.]

히트 앤드 런.

어떤 코스로 오건 공을 때리고 달리는 작전이다.

후웅—!

뻑—!

"스트라이크!!"

떨어지는 커브에 헛스윙이 나왔다.

영웅의 얼굴이 일그러졌다.

'너무 크게 스윙을 했어. 변화구에 대처를 하지 못하게 된다. 지금 필요한 건 맞히는 타격이야.'

맞히는 타격을 떠올리자 영웅의 머리에 한 남자의 얼굴이 떠올랐다.

타격의 신.

타이 콥의 무뚝뚝한 얼굴이 말이다.

꿈의 그라운드에서 영웅은 그와 가장 많은 대결을 펼쳤었다.

가끔 기분이 좋을 때는 어드바이스도 들을 수 있었다.

감독도 했던 그였기에 가르치는 능력도 나름 괜찮았다.

무엇보다 타자가 타석에 있을 때 할 수 있는 생각 같은 것에 대해 이야기를 들었었다.

"네가 타자를 제압하기 위해서는 저 타자가 타석에서 무슨 생각을 하는지 알 필요가 있다."

"어떻게 알아요?"

"타자를 관찰해라. 움직임 하나하나는 정보가 된다. 예를 들어 배터 박스의 앞에 서 있는지 뒤에 서 있는지, 홈플레이트에 붙었는지 떨어져 있는지. 그리고 배트의 그립은 어떻게 잡았는지. 이런 것들을 보고 생각하면 타자의 생각을 읽을 수 있다."

영웅은 그것들을 반대의 입장에서 생각했다.

'만약 내가 잘못된 정보를 흘린다면 투수의 투구를 유도할 수 있지 않을까?'

상대는 메이저리그 최고의 투수 중 한 명인 클레이튼 커쇼다.

쉽지는 않을 거다.

하지만 자신은 투수다.

제아무리 클레이튼 커쇼라 해도 약간의 방심은 할 수 있었다.

'변화구를 노린다는 인상을 남기자.'

영웅은 히팅 포인트를 뒤에 뒀다.

구속이 빠른 공을 노리기 위해서는 히팅 포인트를 앞에 둬야 한다.

그렇지 않으면 타격의 타이밍이 늦어진다.

또 한 가지.

영웅은 홈플레이트 붙어서 섰다.

바깥쪽 코스를 노리는 인상을 풍기기 위해서다.

밑밥은 충분히 던졌다.

이제는 미끼를 던질 타이밍이었다.

[2구 던집니다.]

2구는 슬라이더였다.

변화구를 노리고 있었기에 적절한 타이밍에서 타격이 이루어졌다.

하지만 변화를 모두 따라가지 못했다.

딱-!

"파울!"

[아쉽습니다! 2구 역시 파울이 됩니다.]

[아웃 코스를 파고드는 슬라이더에도 배트에 잘 맞혔습니다만 정확한 타격이 이루어지지 않았어요.]

[작년 시즌 홈런을 뺏겨서 그럴까요? 오늘 경기에서 커쇼는 강영웅 선수에게 변화구 승부를 많이 하고 있습니다.]

영웅이 변화구를 노리는 인상을 풍긴 이유였다.

앞선 타석에서 병살타와 뜬공이 나왔던 건 포심 패스트볼을 노렸기 때문이다. 그 상황에서 변화구가 나왔으니 정확한 타격이 이루어졌을 리 없다.

결국 최악의 결과로 이어졌었다.

'다음 타석에서 패스트볼이 올 가능성이 높다.'

타석에서 물러나 스윙을 하는 영웅은 그렇게 생각했다.

이유는 자신이라면 그렇게 했을 것이기 때문이다.

아메리칸리그는 지명타자 제도가 있다.

그렇기 때문에 영웅이 타격을 할 일은 거의 없다.

그 사실은 모든 사람이 알고 있었다.

커쇼 역시 마찬가지였다.

그렇기에 작년 대결에서 패스트볼 일변도로 영웅을 상대했었다.

홈런이 나왔던 이유는 볼 배합이 단순했기 때문이다.

하지만 올해는 달랐다.

'홈런을 맞았기 때문에 조심스러워졌다.'

그렇다고 복수하고 싶은 욕심이 없는 건 아닐 거다. 홈런을 맞았던 치욕을 씻고 싶을 게 분명 있다.

복수는 어떻게 할까?

간단하다.

삼진을 잡아내면 된다. 작년의 일은 그저 우연에 불과했다. 그걸 보여주기에는 가장 좋은 방법이었다.

영웅이 다시 타석에 섰다.

'몸 쪽으로 들어올 게 분명해.'

앞선 타석에서 바깥쪽을 노리는 인상을 주었다.

지금도 홈플레이트 쪽에 붙어 바깥쪽을 노리는 인상을 주었다.

"플레이볼!"

구심이 경기를 재개했다.

커쇼와 포수의 사인은 금방 끝났다.

1루 주자를 눈으로 견제하던 커쇼의 발이 홈플레이트를 향해 내디뎌졌다.

커쇼의 팔이 반원을 그리며 나오는 순간, 영웅의 스윙이 시작됐다.

'내 배트 스피드는 다른 선수들에 비해 느리다. 90마일 이상의 공을 치기 위해선 지금 시작해야 돼.'

원래라면 너무 빠른 타이밍이었다.

하지만 느린 배트 스피드를 감안하면 지금 시작해야 했다. 이미 선택의 폭을 좁혀놨기에 가능한 과감한 선택이었다.

탁─!

발이 땅을 내디뎠다. 동시에 커쇼가 공을 뿌렸다.

'오픈스탠스?!'

포수가 먼저 영웅의 스탠스를 눈치챘다.

'몸 쪽을 노리고 있다!'

공의 궤적 역시 몸 쪽을 그리며 날아오고 있었다.

위험하다는 걸 직감했다. 하지만 이미 공은 던져졌다.

'난 커쇼를 믿는다! 눌러 버려!'

에이스의 공이다. 작년 홈런을 허용하긴 했지만 우연일 게 분명했다.

그러나 포수가 간과하고 있는 게 있었다.

영웅은 이번에 홈런을 노리지 않았다.

'건드리기만 해도 충분하다!'

이미 1루 주자는 달리고 있었다.

스타트는 늦었다.

좌투수인 커쇼는 세트포지션에서 1루를 주시하게 된다.

즉, 주자의 리드 폭이 줄어들 수밖에 없다는 의미다.

'땅볼만 만들어도 주자는 산다!'

영웅의 스윙이 날카롭게 돌았다.

딱─!

경쾌한 소리가 그라운드를 울렸다.

영웅의 시선이 타구를 좇았다.

원 바운드가 된 공이 낮게 깔려 삼유간을 향했다.

삼루수와 유격수가 동시에 몸을 날렸다.

먼저 슬라이딩을 하는 삼루수의 글러브 밑으로 공이 지나 갔다. 이후 유격수의 글러브마저 빗겨 나갔다.

"와아아아—!"

그 순간 관중석에서 환호성이 터져 나왔다.

정신을 차린 영웅이 1루 베이스로 내달렸다.

[때렸습니다! 삼유간을 통과하는 빠른 타구! 스타트가 빨 랐던 대주자 테즈 선수는 이미 3루에 도착했습니다! 주자 올 세이프!]

[정확히 필요한 순간에 강영웅 선수가 중요한 안타를 때려 냈습니다!]

[여기서 다저스 벤치 움직입니다! 로버트 감독이 직접 마 운드를 방문합니다!]

다시 한번 영웅에게 일격을 당했다.

커쇼는 고개를 떨어뜨린 채 마운드를 내려갔다.

[인디언스도 움직입니다! 다음 타자는 파렐 선수지만 대타 를 내보냅니다! 대타는 박형수 선수입니다!]

박형수가 배트를 들고 나왔다.

[오늘 경기는 한 점만 내도 이길 수 있습니다. 그렇기에 장 타를 때려낼 수 있는 박형수 선수를 선택하는 건 당연한 겁 니다.]

[다저스의 바뀐 투수는 마무리 홀튼 선수가 올라옵니다!]

작년 시즌 34개의 세이브를 올린 브라이언 홀튼.

올 시즌에도 다저스의 마무리로 벌써 10개의 세이브를 올렸다.

작년보다 빠른 페이스.

확실히 올해는 안정적인 피칭을 이어가고 있었다.

하지만 상대가 좋지 못했다.

비록 메이저리그에서의 데이터는 적지만 박형수가 한국에서 기록한 득점권 타율은.

따악-!

[쳤습니다!!]

무려 4할 3푼 1리였다.

세이버매트릭스에 의해 무용론까지 나오고 있는 득점권 타율이지만 박형수의 타구는 담장 밖으로 날아가고 있었다.

[넘어갔습니다!! 쓰리런 홈런을 기록하는 박형수 선수입니다!]

9회 말.

스코어는 3 대 0이 됐다.

경기의 흐름은 넘어갔다.

하지만 단 한 명의 관중도 자리에서 일어나지 않았다.

[역사의 순간을 함께 하기 위해 모든 관중이 자리에 앉아 있습니다. 그리고 마운드에는 에이스 강영웅 선수가 서 있습니다!]

[3명의 타자를 상대로 단 하나의 삼진만 잡아낸다면 정규이닝 20개를 기록하면서 탈삼진 타이 기록을 이루게 됩니다.]

[만약 2개를 추가하면 그 누구도 이루지 못했던 대업을 달성하게 됩니다.]

다저스 타선도 집중력을 높였다.

'경기는 지더라도 기록의 제물은 되고 싶지 않다.'

제물이 된다는 건 치욕이었다.

어떻게든 막고 싶었다.

뻐억-!

"스트라이크!!"

"와아아아아!"

[초구 스트라이크입니다! 95마일의 빠른 공이 아웃 코스 가장 낮은 곳을 통과합니다!]

그러나 상대가 너무 강했다.

'제길 100구 후반의 공을 던지면서 아직까지도 90마일 중반의 구속이라니…….'

게다가 코너웍이 날카로웠다.

'너는 철인이냐?'

눈앞에서 펼쳐지고 있지만 믿을 수 없었다.

연달아 2구가 날아왔다.

쐐애애액-!

따악-!

"파울!"

[2구는 파울이 됩니다!]

[마지막 순간에 공이 밑으로 떨어졌습니다. 스플리터였어요.]

3구는 슬라이더. 다시 파울이 됐다. 4구는 커브였지만 배트가 나오지 않았다.

[지금까지 던진 투구 수는 모두 110구! 강영웅 선수가 메이저리그에서 기록했던 최고 투구 수는 115구였습니다.]

영웅이 와인드업을 했다.

[5구, 던집니다!]

비틀었던 상체를 풀면서 이를 악물었다.

'전력을 실어라!'

타닥-!

발을 마운드에 내디딘 후, 상체를 회전시켰다.

휘릭-!

"크앗!"

쐐애애액-!

공이 손에서 떠나는 순간 기합 소리가 입에서 터져 나왔다.

전력을 다한 공이 빠른 속도로 날아왔다. 타자의 배트는 이미 홈플레이트를 지나고 있었다.

노리는 공은 단 하나.

'패스트볼을 노린다!'

영웅이 던졌던 공 역시 패스트볼이었다. 문제는 여기서 무브먼트가 어떻게 될 것이냐는 것이었다.

'무브먼트가 일어나지 않을 거다!'

타자는 그렇게 판단을 내렸다. 이유는 앞서 영웅이 던졌던 공들의 무브먼트가 모두 밋밋해졌기 때문이다.

공의 변화라는 건 악력에서 나오는 거다.

손가락의 힘이 가해지는 방향에 따라 공의 무브먼트는 결정된다.

하지만 악력이 떨어진다면?

포심 패스트볼의 경우 스트레이트로 들어오게 된다.

그렇기에 배트는 평행으로 돌고 있었다.

공이 지척에 다가왔을 때까지 변화는 없었다.

'이번에야말로 때린다!!'

배트를 쥔 손에 힘이 들어가는 그 순간, 공이 사라졌다.

'어?'

후웅-!

배트는 허공을 갈랐다.

퍽-!

뒤이어 둔탁한 소리가 등 뒤에서 났다. 그게 무슨 소린지 잘 알고 있었다.

공이 바운드가 되는 소리였다.

퍽-!

뒤이어 비슷한 소리가 났다.

하지만 달랐다.

이번에는 프로텍터에 부딪히는 소리였다.

툭-!

"터치!"

등에서 미트의 느낌이 났다.

"아웃!"

구심이 곧 선언을 내렸다. 타자는 굳은 얼굴로 페르나를 바라봤다.

"스플리터였나?"

"정답."

으득-!

이를 악무는 소리가 페르나한테까지 들렸다.

'간과하고 있었다. 내가 상대해야 될 건 강영웅만이 아니라는 걸.'

페르나는 뛰어난 선수다.

하지만 대부분의 스포트라이트는 타격 능력에 집중되어 있다. 포수이면서도 30개 이상의 홈런을 때려내는 선수는 흔치 않으니 당연한 부분이었다.

그리고 또 하나.

포수의 리드는 야구를 잘 아는 사람조차 잘 볼 수 없다. 게다가 현대 야구에 접어들면서 대부분 포수의 사인은 벤치에서 나온다.

하지만 그 사인을 선택하는 건 역시 포수다.

사인을 그대로 투수에게 건네줄 것인지, 아니면 다른 사인을 줄 것인지는 전적으로 포수에게 달려 있다는 것이다.

그리고 페르나는 방금 전 벤치의 사인을 무시했다.

패스트볼을 주라는 사인을 말이다.

덕분에.

[삼진입니다!! 이로써 메이저리그에 단 4번밖에 나오지 않

았던 정규 이닝 20탈삼진 기록과 어깨를 나란히 합니다!!]

그리고 시합은 끝나지 않았다.

2명의 타자가 남아 있었다.

만약 하나의 탈삼진이라도 더 추가하게 된다면. 영웅은 그 누구도 밟지 못한 산에 자신의 발자취를 남기게 된다.

다저스 벤치가 움직였다.

[여기서 대타가 나옵니다. 우타자 데릭을 내보냅니다.]

[전체적인 성적은 떨어지는 선수입니다만 작년 시즌 강영웅 선수에게 멀티히트를 뽑아냈던 기억이 있습니다.]

[그래서일까요? 올 시즌 첫 출전을 지금 이루게 됐습니다.]

기록은 거짓말을 하지 않는다.

야구의 명언 중 하나다.

기록의 스포츠라 불릴 정도로 야구는 데이터 수집을 좋아한다.

현대 야구에 들어 데이터 수집은 매우 세밀한 부분까지 이루어진다.

특히 상대 전적은 대타를 고르는 데 결정적인 역할을 한다.

그렇기에 지금 상황에서 데릭이 나오는 것도 이상한 일은 아니었다.

하지만 데이터에는 한 가지 맹점이 있었다.

바로 '지난 기록'이란 점이다.

프로 선수라 하더라도 매년 업그레이드가 된다.

즉, 작년보다 향상된 기량을 가지고 경기에 이르게 된다는 의미다.

물론 이 가정이 통하지 않는 경우가 더 많았다.

그러나 영웅에게는 통했다.

뻐억-!

"스트라이크!!"

[슬라이더가 날카롭게 휘어서 들어갑니다! 헛스윙!]

'작년보다 휘는 각도가 더 날카로워졌다!'

데릭은 경악을 금치 못했다.

110구 이상의 공을 던진 상황.

지칠 대로 지친 지금도 슬라이더의 각도가 지난해보다 날카로웠다.

'아직도 성장하고 있다고?'

뻑-!

"볼!"

[아! 약간 낮게 들어갔나요? 바깥쪽 낮은 코스를 찌르는 공에 배트 나오지 않습니다.]

[비록 스트라이크는 되지 않았지만 좋은 공이었습니다. 타자가 반응할 수 없는 코스였어요.]

사실이었다.

방금 전 공을 그냥 보낸 이유는 놓쳤기 때문이다.

만약 저 코스에서 공 하나만 위로 들어왔다면 스트라이크가 됐을 거다.

반응은 못 했을 거고 말이다.

'안 돼. 때려야 된다!'

영웅이 와인드업을 했다.

3구 역시 패스트볼을 선택했다.

방금 전 코스와 비슷한 위치였다. 하지만 이번에는 테일링으로 휘어 들어가는 코스였다.

"차앗!!"

기합과 함께 공을 뿌렸다.

쐐애애액―!

데릭 역시 배트를 돌렸다. 아웃이 되더라도 탈삼진은 당하지 않겠다. 그런 일념으로 휘두른 배트였다.

휘릭―!

'큭!'

하지만 공은 마치 살아 있는 생명처럼 데릭의 배트를 피해 존을 통과했다.

뻑―!

"스트라이크!! 투!"

[투 스트라이크가 됩니다! 이제 스트라이크 단 하나면 21개의 탈삼진으로 36년간 깨지지 않던 최다 탈삼진 기록이 갱신됩니다!]

"후우…… 후우……."

마운드 위의 영웅이 거친 숨을 토해냈다.

114구.

영웅이 오늘 경기에서 던졌던 투구 수다. 8회까지만 하더라도 이렇게 힘들지는 않았다.

'타격 때문인가?'

어렴풋이 느껴졌다. 그때부터 리듬이 깨졌다. 투구와는 다른 리듬이 끼어들면서 영웅의 템포가 무너진 것이다.

덕분에 체력적인 부담감이 느껴졌다.

'하지만 포기하지 않아.'

누구도 밟지 못했던 산을 밟기 위해 영웅은 다시 한번 마운드에 섰다.

'반드시 이룬다.'

"플레이볼!"

구심이 경기를 재개시켰다.

사인을 교환한 영웅이 호흡을 골랐다.

'마지막 힘을 쥐어짜 내!'

마지막이다. 영웅이 와인드업을 했다. 상체를 비틀어 모든 힘을 쥐어짜 냈다.

"차앗-!"

공을 뿌리는 그의 입에서 기합 소리가 터져 나왔다.

손을 떠난 공이 맹렬한 속도로 존을 파고들었다.

'때려!!'

데릭도 스윙을 시작했다. 패스트볼을 노리고 있는 듯 매우 빠른 스피드였다.

'어?!'

그때 공이 위에서 아래로 떨어지는 게 보였다.

'커브!'

영웅의 선택은 커브였다. 데릭은 유인구라 판단했다.

영웅이 첫 타자를 상대로 던졌던 변화구가 모두 유인구였다는 점이 떠올랐기 때문이다.

'멈춰!'

스윙을 멈췄다. 다행히 스타트를 건지 얼마 되지 않아 멈출 수 있었다. 그리고 공이 지나가는 걸 바라봤다.

퍽-!

"어?"

공은 데릭의 가슴 높이를 지나 배꼽 부근으로 떨어졌다.

"스트라이크!! 배터 아웃!"

[삼진입니다! 21번째 탈삼진을 스탠딩삼진으로 잡아내는 강영웅 선수!!]

[엄청납니다! 굉장합니다!! 설마 승부구를 변화구로! 그것도 존을 통과하는 커브로 택할 줄은 꿈에도 몰랐습니다!]

데릭이 황당한 표정을 지었다.

설마 존을 통과하는 커브를 던지다니?

'완전히 졌다.'

구위에 눌린 게 아니었다. 그저 머리싸움에서 패배하고 만 것이었다.

완패였다.

7장
때로는 돌아가는 법

있을 수 없는 일이 벌어졌다.

깨질 것 같지 않던 한 경기 20탈삼진 기록이 깨졌다.

21개의 탈삼진.

한 경기에서 나올 수 있는 아웃 카운트는 정상적인 경우 27개다.

그중에 21개의 아웃 카운트를 탈삼진으로 잡아냈다는 소리다.

이 엄청난 소식은 곧 전 세계로 퍼져 나갔다.

[전인미답의 기록을 세운 강영웅!]

[90이닝 무실점 21탈삼진을 기록한 강영웅은 시즌 6승을 올리며 개막전 이후 현재까지 단 한 번의 패배도 경험하지 않게 됐다.]

[기록은 현재 진행형! 오늘 경기로 46과 2/30이닝의 무실점 기록을

달성한 강영웅은 LA 다저스의 오렐 허사이져의 59이닝을 가시권에 두게 되었습니다.]

당연하게도 한국은 그의 기사를 특종으로 다루었다.

모든 포털 사이트를 비롯해 신문사들은 그의 기사를 올리는 데 전념했다.

그의 기사에 관심을 가지는 선 한국만이 아니었다.

[한국의 에이스 강영웅이 누구도 이루지 못한 기록을 세웠습니다.]

일본 역시 인터넷을 통해 그의 대기록 달성에 대해 대서특필했다.

다음 날 조간에는 스포츠 신문 1면에 실릴 정도로 비중 있는 관심을 두었다.

아시아의 다른 국가들 역시 마찬가지였다.

미국 역시 마찬가지였다.

뉴욕 타임즈는 금자탑이란 표현을 쓰면서 메이저리그가 영웅에게 정복이 되었다는 기사를 썼다.

LA 타임즈 역시 다저스의 굴욕이란 표현을 썼다.

그리고 MLB.COM은 메인에 영웅의 역동적인 투구 장면을 올리며 그의 21탈삼진 기록을 축하했다.

영웅의 대기록 작성.

이제 사람들의 관심은 다음으로 향해 있었다.

과연 영웅이 또다시 대기록을 작성할 수 있을 것인가?

바로 최다 이닝 무실점 기록.

야구의 발전으로 인해 더 이상 깨질 수 없을 것으로 보이던 이 기록이 도전받고 있었다.

23세의 영웅에게 말이다.

더 이상 그의 능력에 의문을 표하는 사람은 없었다.

그저 그가 어디까지 갈 것인지에 대해 궁금해할 뿐이었다.

인디언스는 오랜만에 집으로 향했다.

죽음의 일정이라 불리던 3번의 원정 경기를 끝내고 클리블랜드로 돌아가게 된 것이다.

클리블랜드 공항에 도착한 선수들은 각자 집으로 돌아갔다.

영웅은 공항에 주차해 둔 자신의 차를 몰고 집에 도착했다.

딩동-!

벨을 누르자 문 너머에서 누군가 달려오는 소리가 들려왔다.

그리고 곧 문이 열렸다.

"왔어?!"

수정이었다.

그녀의 인사 너머로 맛있는 냄새가 풍겨왔다.

"응."

간단하게 대답한 영웅이 집 안으로 들어갔다.

부엌에서 나오던 어머니가 앞치마에 손을 닦으며 그를 보며 웃고 있었다.

"고생했다."

"다녀왔습니다."

"배고프지? 손 씻고 밥부터 먹자."

"네!"

짐을 내려놓고 손을 씻은 영웅이 부엌에 들어섰다. 수많은 음식이 맛있는 냄새를 풍기고 있었다. 곧 하얀 쌀밥이 담긴 밥그릇이 그의 앞에 놓였다.

"많이 먹으렴."

"예! 잘 먹겠습니다!"

영웅의 숟가락이 제일 처음 간 곳은 김치찌개였다. 신김치 특유의 신맛과 얼큰함, 양파의 단맛과 육수로 사골을 썼는지 묵직한 국물 맛까지.

모든 것이 완벽했다.

"어으! 맛있다!"

"으엑-! 아저씨 같아."

수정의 타박을 뒤로하고 영웅은 식사에 열중했다. 맛있는 밥을 먹는 것만으로도 피로가 싹 풀리는 기분이었다.

피로가 쌓였다. 그게 여실히 느껴지는 휴식기였다.

'이번에는 피로가 잘 풀리지 않네.'

원래라면 삼 일 차에는 대부분의 근육이 정상으로 돌아왔다.

한데 이번만큼은 아니었다. 근육 운동을 하는데도 힘들어 평소의 개수를 채우지 못했다. 자칫 무리하다가는 부상으로 이어질 수 있기 때문에 훈련을 줄였다.

'왜 이럴까?'

얼핏 짐작은 됐다. 다저스와의 경기에서 때려냈던 안타. 그로 인한 리듬의 붕괴.

"경기를 치르다 보면 격전을 치를 때도 있다. 기억에 남을 정도로 강력한 경기를 이기면 엄청난 카타르시스가 찾아온다. 문제는 이후다. 카타르시스의 끝에는 뭐가 올까? 바로 허무감이다. 그걸 스스로 이겨내는 게 프로가 해야 될 일이다."

역사에 이름을 남긴 경기다.

지금까지 치렀던 그 어떤 경기보다 강렬한 임팩트가 머리에 남았다.

그만큼 후유증도 컸다.

과거 최연소 퍼펙트게임을 경험했던 것보다 더 큰 허무감이었다.

'당장 모레가 경기인데.'

원래라면 내일 경기다. 하지만 휴식일을 가지는 인디언스이기에 경기일은 모레였다. 그때까지 컨디션을 찾아야 했다.

문제는 그 방법을 모른다는 데 있었다.

"에휴……."

한숨을 내쉬는 그때였다.

똑똑—!

"아들, 자니?"

"네? 아뇨."

일어나 문을 열자 엄마가 서 있었다.

"잠깐 나갈까?"

"지금요?"

"응. 바빠?"

"아니에요. 곧 준비할게요."

"그래."

웃으며 등을 돌리는 엄마의 모습에 영웅은 의아한 표정을 지었다.

'엄마가 먼저 나가자고 하다니. 별일이네.'

두 사람이 도착한 곳은 집 근처의 한 쇼핑 센터였다. 복합 쇼핑몰로 다양한 가게가 입점해 있었다. 엄마는 쇼핑을 했고 영웅은 그 뒤를 따랐다.

"이거 잘 어울린다. 어때?"

"응, 좋은 거 같아요."

엄마가 고르는 물건의 대부분은 영웅과 수정의 것이었다. 정작 본인의 것은 잘 고르지 않았다.

'한결 같으시네.'

어릴 때부터 그러셨다. 자신은 언제나 낡은 옷을 입으셨지만 남매의 옷은 새것으로 사셨다. 영웅이 메이저리그에 진출해도 달라지지 않았다.

"엄마! 이거 어때요? 엄마한테 잘 어울릴 거 같은데!"

"그러니?"

잘 어울릴 거 같다는 말에 소녀처럼 미소는 짓는 모습이 보기 좋았다.

2시간여의 쇼핑이 끝났다.

두 사람은 식사까지 쇼핑몰에서 마친 두 사람이 향한 곳은 오락실이었다.

"엄마, 갑자기 여기는 왜요?"

"왜긴, 우리 아들이 오락실 좋아했잖아."

분명 그랬다.

하지만 야구를 시작한 이후에는 온 적이 없었다. 훈련을 할 시간도 부족했기 때문이다.

'예전에는 용돈을 받으면 거의 대부분 오락실에서 썼었지.'

영화관 옆에 있던 작은 오락실. 거기에는 다양한 오락기기가 있었다. 그중에서 영웅이 가장 즐겨했던 건 타임 크라이시스라는 게임이었다.

권총 모양 컨트롤러를 이용, 화면의 적을 사격하는 게임이다.

간간이 인질도 등장하기 때문에 긴장감을 유지해야 했다.

"오랜만이네."

영웅은 타임 크라이시스를 하기 시작했다.

오랜만에 하는 거라 과거의 실력이 나오진 않았다.

하지만 몇 판을 반복하니 꽤 좋은 스코어를 낼 수 있었다.

이후에도 이런저런 게임을 하며 시간을 보냈다.

마음 편안히 시간을 보내는 게 얼마 만인지 기억이 나지 않았다.

최근에는 오직 야구만 생각하고 보냈다. 기록을 이어가면서 그로 인한 압박감도 있었고 말이다.

그러나 오늘 외출에선 그런 압박감이 거의 없었다. 정확히 이야기하면 머리를 비울 수 있었다. 생각이 많다는 건 장점도 될 수 있지만 단점이 될 때도 있었다.

지금이 그런 상황이었다.

몸이 지쳤을 때는 부정적인 생각만 떠오른다. 이럴 때는 차라리 아무 생각도 하지 않고 휴식을 보내는 게 더 좋다.

그러나 아무 생각도 하지 않는다는 건 매우 어려운 일이다. 당장 머리를 비우려고 해도 잡다한 생각들이 생각나게 마련이다.

경험이 풍부한 선수들은 다양한 방법을 시도한다. 그렇게 자신만의 방법을 만들어 머리를 비워 스트레스를 푼다.

영웅은 그 방법을 잘 몰랐다. 하지만 엄마 덕분에 머리를 비울 수 있었다. 한 시간 동안 정말 야구 생각을 버리고 노는 것에만 집중했다.

'다행이구나.'

뒤에서 그 모습을 바라보던 한혜선의 입가에 미소가 그려졌다.

그녀는 일부러 영웅을 데리고 나왔다. 너무 많은 생각을 하는 아들의 모습에 걱정이 됐기 때문이다.

'어릴 때부터 오락실에 오면 정신을 놓고 게임을 하더니. 여전하네.'

어린 시절.

간혹 아이들과 영화나 쇼핑을 하러 나왔다.

그때마다 영웅이 오락실에 매달렸다. 얼마나 오락을 좋아했는지 쇼핑 시간보다 게임을 하는 시간이 더 길었을 정도다.

그랬던 영웅이 이제는 한 가정을 짊어지고 있었다.

'미안하다.'

중고등학생 때도 야구만 했었다. 다른 아이들처럼 노는 모습을 볼 수 없었다. 자신의 탓이라고 생각하는 엄마는 항상 미안했다. 그런데 성인이 되어서도 힘들어하는 모습을 보니 보고만 있을 수 없었다.

그래서 여러 전문 서적을 읽었다. 음식, 심리 쪽으로도 공부를 했다. 나이가 들어 좀처럼 머리에 들어오지 않았지만 포기하지 않았다. 어떻게든 아들을 위해 도움이 되고 싶었다.

'며느리라도 들어오면 이 고생이 끝나려나.'

내심 아들이 일찍 장가를 들길 바라는 엄마, 한혜선이었다.

다음 날.

영웅은 훈련 시간에 맞춰 구장에 나왔다.

간단한 트레이닝을 한 뒤 불펜에 섰다.

"가볍게 던지게."

"예."

피터슨이 옆에서 그를 지켜봤다.

"후우……."

깊게 숨을 내쉰 영웅이 와인드업 후, 공을 뿌렸다.

팡─!

경쾌한 소리가 불펜을 울렸다.

10구…… 20구, 그리고 30구가 됐을 때 피터슨이 고개를 끄덕였다.

"그쯤하면 됐어."

영웅도 동의했다.

너무 많은 투구는 내일 있을 경기에 지장이 있다.

'구위가 돌아오지 않았다.'

어제 엄마와의 쇼핑으로 기분 전환은 확실히 됐다.

덕분에 복잡했던 생각이 다소 정리됐다. 그렇다고 지친 체력이 바로 돌아오거나 하는 기적은 없었다.

여전히 어깨는 무거웠고 구위는 떨어졌다.

피터슨 역시 그것을 느꼈다.

'피로가 쌓인 거다. 그동안은 상승세를 타고 있었기에 참을 수 있었다. 거기에 동일한 리듬으로 경기를 이어갔으니 느끼지 못했겠지.'

그랬던 것이 타격이라는 리듬으로 깨져 버린 것이다.

'차라리 범타로 물러났다면 좋았을 것을.'

주루라도 하지 않았다면 리듬이 이렇게까지 깨지지 않았을 거다. 앞서 두 번의 타석에서 그랬던 것처럼 말이다.

하지만 그 안타로 팀은 이길 수 있었다.

'야구란 참으로 알 수 없군.'

선수로, 그리고 코치로 수십 년을 야구와 함께했다. 그런데도 알 수 없는 게 야구였다.

'아마도 기록에 도전하는 강에게 있어 마지막 고비가 되겠군. 과연 어떻게 헤쳐 나갈까?'

이 고비를 넘긴다면 영웅은 도전에 성공할 가능성이 높아진다.

쉽지 않은 일이다.

하지만 영웅은 나름대로 대비책을 강구했다.

'어제 생각했던 대로 가야겠어.'

기분 전환을 통해 머리가 비워지면서 대비책을 고심했다.

그리고 한 가지 조언을 떠올렸다.

"투수의 꽃은 삼진이라고들 이야기한다. 그걸 부정하는 건 아니다. 삼진은 분명 매력적인 기록이지. 하지만 맞혀 잡는 피칭 역시 필요하다. 한 경기를 가장 적은 투구 수로 끝낼 수 있는 기록이 뭔지 알고 있냐? 바로 맞혀 잡는 피칭이다. 한 타자에 한 구씩, 단 27개의 공이면 한 경기가 끝날 수 있다. 가장 이상적인 형태지."

크리스티 매튜슨.

메이저리그 통산 373승 188패 2.13의 방어율을 보유한

1900년대 초반의 레전드 플레이어였다.

그의 컨트롤이 빛났던 기록은 68이닝 연속 무볼넷이었다.

다음 날.

프로그레시브 필드는 여느 때와 마찬가지로 일찌감치 매진이 됐다.

그것도 모자라 인근의 술집에는 인디언스 팬들이 자리를 채우고 있었다.

월드시리즈가 아닌데도 대단한 인파였다.

그만큼 영웅에 대한 관심도가 높아졌다는 증명이기도 했다.

프로그레시브 필드에는 한국인도 많이 보였다.

최근 클리블랜드에 한국인 관광객이 급증하고 있다. 미국에 방문하는 이들은 무리를 해서라도 이곳에 방문하기까지 했다.

이유는 영웅의 경기를 보기 위함이었다. 오랜만에 홈경기를 치르기 때문에 평소보다 많은 한국인이 경기장을 찾았다.

[클리블랜드 인디언스가 오랜만에 홈에서 경기를 치릅니다. 안녕하십니까? 저는 캐스터 황용수입니다. 옆에는 해설위원……]

중계가 시작됐다.

그사이 영웅은 마운드 위에서 연습 투구를 하고 있었다.

팡-!

팡―!

공이 미트에 꽂힐 때마다 경쾌한 소리가 났다.

하지만 좀처럼 빠른 공은 나오지 않았다.

그 모습을 보던 한국인 커플로 보이는 여자가 의아한 듯 말했다.

"TV에서 볼 때는 뭐랄까, 박력이 넘쳤는데 실제로 보니까 영 아니네."

"하하! 아직은 연습 투구니까 그렇지. 실전에 들어가면 달라질 거야."

"그러려나?"

설명에도 여자 친구는 심드렁했다.

하지만 남자는 믿어 의심치 않았다. 경기가 시작되면 저 표정이 바뀔 거라는 걸 말이다.

"플레이볼!!"

"오, 시작했다."

마운드 위의 영웅이 사인을 교환했다.

와인드업과 함께 특유의 트위스트 폼이 나오자 두 사람의 눈이 빛났다.

쐐애액―!

딱―!

"어?"

경쾌한 소리와 함께 타구가 삼유간을 빠져나갔다.

깔끔한 안타였다.

"에이~ 뭐야. 처음부터 안타 맞았네."

"그…… 그러게."

남자가 전광판을 확인했다.

구속은 93마일.

초구라 하더라도 평소보다 느렸다.

무엇보다 공에서 힘이 느껴지지 않았다.

'어떻게 된 거지?'

그런 이상한 점은 초구만이 아니었다.

딱-!

"아웃!"

두 번째 타자는 4구 만에 중견수 뜬공으로 돌려세웠다.

하지만 앞서 두 개의 타구가 좋은 코스로 갔었다. 방향이 조금만 더 틀어졌다면 안타나 장타가 될 가능성이 높았었다.

'이상한데?'

남자의 고개를 갸웃하게 만드는 투구였다.

평소 영웅의 피칭은 강렬한 느낌이 있다.

TV에서 보는 것만으로도 볼 끝이 느껴질 정도였다.

오늘은 아니었다. 볼 끝이 밋밋하게 들어오는 게 보였다.

그걸 알 수 있는 건 선출이기 때문이다. 고교 시절까지 야구를 했지만 프로에는 들지 못했다.

'아마추어에 비교하면 더없이 좋은 볼 끝이지만……'

프로에서는 아니었다.

특히 여기는 메이저리그가 아닌가?

예상대로 영웅은 고전했다.

딱-!

"마이!!"

맞은 타구는 번번이 외야로 날아갔다.

간혹 그라운드볼이 되는 공들도 있었다.

한 가지 분명한 건 이전처럼 타자를 압도하지 못했다.

'피로가 쌓인 건가?'

3회까지 4개의 안타를 허용했다.

사람들의 머릿속에 그런 생각이 스멀스멀 피어올랐다.

[오늘 강영웅 선수의 공이 자주 맞아가고 있습니다.]

[음, 확실히 그렇네요. 아무래도 피로가 쌓인 듯싶습니다. 개막 이후 매 경기 7이닝 이상을 던져 왔습니다. 오버 페이스가 아니었나 싶기도 합니다.]

딱-!

[잘 맞은 타구가 투수 옆을 지나칩니다! 아!! 유격수가 멋진 수비로 잡아냅니다! 그리고 1루에 송구!! 아웃입니다.]

[정말 좋은 수비가 나왔습니다. 빠른 발로 정확한 타이밍에 슬라이딩을 했어요. 조금이라도 늦거나 빨랐으면 공을 제대로 포구하지 못했을 겁니다.]

[오늘 수비의 도움을 많이 받고 있네요.]

[그렇습니다.]

강렬한 모습은 없었다. 적은 투구 수로 타자를 압도하지도 못했다.

하지만 점수는 내주지 않았다. 매 이닝 주자가 나가지만 어떻게든 막아냈다.

그리고 사람들은 생각했다.

운이 좋다.

그러나 그런 생각을 하는 건 관중들뿐이었다.

"후우……."

페르나의 사인을 받은 영웅이 세트포지션에 들어갔다.

'바깥쪽 슬라이더.'

영웅의 시선이 1루 주자를 확인했다.

리드 폭이 길었다.

'한 발이라도 줄이는 게 좋겠지.'

영웅이 몸을 돌리며 1루 주자를 견제했다.

팡-!

"세이프!"

견제구를 하는 이유는 여러 가지가 있다.

궁극적으로는 주자를 잡기 위함이다. 그러나 견제사는 매우 드물게 일어나는 일이다.

대부분의 견제구는 상대 타자의 리드 폭을 줄이기 위함이다. 그리고 심리적 압박이다.

'내가 너를 보고 있다.'

라는 무언의 압박인 셈이다.

영웅이 다시 피처 플레이트를 밟았다. 사인이 바뀌었다.

'주자의 리드 폭이 줄었다. 타구의 속도를 줄일 수 있게 됐어. 유인구로 가자. 가운데 스플리터.'

고개를 끄덕였다. 세트포지션에 들어간 영웅이 바로 공을 뿌렸다.

1루 주자의 타이밍을 뺏기 위함이다. 덕분에 주자의 스킵

플레이가 늦어졌다.

그 사이 정면으로 들어오는 공에 타자의 배트가 돌았다.

따−!

[공이 크게 바운드됩니다! 유격수 높이 뜬 공을 잡아 바로 2루에! 투 아웃! 공은 1루로 향합니다! 쓰리 아웃! 더블플레이를 잡아냅니다!]

영웅이 주먹을 불끈 쥐었다.

'통한다.'

오늘 경기에서 영웅은 스타일을 바꿨다.

피로가 쌓이면서 구속이 제대로 나오지 않자 컨트롤을 더 살리기로 결정했다.

컨트롤을 살리기 위해선 구속을 줄여야 했다.

영웅의 평균 구속은 96마일.

최고 구속은 101마일까지도 나온다.

하지만 오늘 경기에서 최고 구속은 95마일이었다.

평균 구속은 92마일까지 나왔다.

공의 배합도 달라졌다.

이전 경기들에서 패스트볼의 비율이 60퍼센트 이상이 됐다.

하지만 오늘 경기에선 변화구가 60퍼센트 이상이었다.

또한 수 싸움을 치열하게 해나갔다.

던지는 공 하나하나에 이유를 담아서 던졌다.

덕분에 페르나의 사인에 많이 고개를 저어야만 했다.

'좀 미안하긴 하지만.'

이기기 위해서는 어쩔 수 없었다.

그러나 페르나는 전혀 다른 생각을 하고 있었다.

'그라운드 전체를 보고 투구를 하다니⋯⋯.'

이전에는 볼 수 없던 영웅의 모습에 감탄을 금치 못했다.

메이저리그의 그라운드.

야구의 정점에 이른 선수들이 아니면 설 수 없는 곳이다.

그런 곳의 주전 포수로 있는 페르나다. 당연히 영웅의 변화를 눈치채고 있었다.

그리고 그 이유 역시 말이다. 그게 군말 없이 영웅의 리드에 따라가 주는 이유였다.

딱─!

"파울!"

"칫!"

타자가 방망이를 고쳐 잡으며 아쉬워했다.

"조금 빨랐나?"

아니다.

정확한 타이밍이다.

앞서 던진 두 개의 공에 본다면 말이다.

'패스트볼과 체인지업, 그리고 다시 패스트볼의 배합.'

초구에는 92마일의 포심 패스트볼을 던졌다.

두 번째 체인지업은 81마일이었다.

11마일의 차이는 타자의 눈을 현혹시켰다.

그리고 다시 던진 세 번째 패스트볼.

그 공의 구속은 분명 초구보다 3~4마일가량 구속이 떨어져 있었다.

초구에 타이밍을 맞추었던 스윙이 빠를 수밖에 없었다.

'대단한 녀석. 체력이 떨어지니 맞혀 잡는 피칭으로 바꾸었어.'

스타일을 바꾼다는 건 쉬운 일이 아니다.

특히 구속이 빠른 선수들은 프라이드가 매우 강했다. 간혹 구속에 대한 집착을 버리지 못하고 나락으로 빠지는 이들이 있는 이유였다.

그런 점에서 봤을 때 영웅은 대단한 선택을 내렸다.

구속이 나오지 않자 과감히 제구력을 택한 것이다.

세상은 영웅을 강속구 투수로 평가한다.

틀린 말은 아니다.

90마일 후반을 던지는 선발 투수는 메이저리그에서도 매우 희귀한 유형이었다.

특히 영웅은 200이닝 이상을 던질 수 있는 내구성까지 있었다.

올 시즌 매 경기 두 자릿수 이상의 탈삼진을 잡아내는 것 역시 구속이 있기 때문이다.

하지만 그 구속을 더 효율적으로 사용할 수 있게 해주는 건 변화구였다.

변화구는 던지는 것만으로도 효과가 있다.

타자의 머리를 복잡하게 하고 노림수를 섣불리 가져갈 수 없게 한다.

그렇게 만드는 것도 쉬운 일은 아니다.

변화구 하나하나가 결정구에 가까운 힘을 가지고 있어야
했다.

그리고 영웅의 변화구는 분명 힘이 있었다.

딱-!

"큭!"

풀스윙에 맞은 타구가 3루 쪽으로 굴러갔다.

빗맞은 타구였다.

하지만 속도는 빨랐다.

퍽-!

안전하게 포구한 삼루수가 빠르게 2루로 뿌렸다.

퍽-!

"아웃!"

공을 잡은 2루수는 곧장 몸을 회전하며 1루로 공을 던졌다.

퍽-!

"아웃!"

[4회에 이어 5회 역시 주자가 나갔지만 더블플레이로 위기
를 넘깁니다! 오늘 경기 세 번째 더블플레이입니다!]

[음, 오늘 피칭을 보니 맞혀 잡는 스타일로 바꾸지 않았나
싶습니다.]

[맞혀 잡는 피칭이요?]

[예, 처음에는 그저 운이 좋다고 생각했지만 경기가 이어
질수록 영리한 플레이가 눈에 들어옵니다.]

중계 쪽에서도 눈치를 채기 시작했다.

딱-!

[높게 뜬 타구가 빠르게 날아갑니다! 하지만 우익수 정면입니다.]

펔-!

[안전하게 잡아냅니다! 5회 역시 무실점으로 막아내며 무실점 행진을 51과 2/3이닝으로 갱신합니다!]

영웅의 경기가 있는 날이면 그의 기사가 쏟아진다.

평소라면 칭찬을 쏟아내야 할 언론들이다.

하지만 오늘은 아니었다.

[시즌 최소 이닝을 소화한 강영웅!]

[시즌 처음으로 7개의 안타를 허용하다!]

[구속 저하! 오버 페이스였나?]

우려가 섞인 기사들이 쏟아졌다.

댓글들 역시 마찬가지였다.

-드디어 힘 빠지나요?

-그동안은 요행이었지, 요행!

-국뽕분들 어디 갔음?

이상한 일이었다. 그동안 영웅이 보여주었던 피칭은 경이로웠다.

한데도 이런 반응이라니?

하지만 이런 일은 하루 이틀의 일이 아니다. 인터넷에는 다양한 의견을 가진 사람들이 존재한다. 그중에는 그저 악플을 다는 것이 목적인 사람들이 있었다.

또한 영웅의 활약을 못마땅한 이들도 존재했다.

선뜻 이해는 가지 않지만 과거에도 한국 대표팀이나 해외에서 활약하는 선수들의 사례를 보면 많았다.

그저 그들이 나타난 것뿐이다.

그리고 그동안 영웅의 활약보다 못한 경기인 건 분명했다.

중요한 건 다음 경기였다.

영웅 역시 그것을 잘 알고 있었다.

8장
두 번째 신기록

인디언스는 시리즈에서 2승 2패를 기록했다.

홈을 떠난 그들은 뉴욕 양키스와의 경기를 위해 뉴욕으로
향했다.

시리즈의 두 번째 경기에서 영웅이 등판할 예정이었다.

이 경기는 일찌감치 한국에서 이슈가 됐다. 우려를 쌓았던
경기 이후로 영웅이 등판하는 첫 경기였기 때문이다.

또 한 가지.

바로 양키스의 투수가 오오타니 쇼헤이였다.

[메이저리그에서 첫 상대를 하게 된 강영웅과 오오타니!]

오오타니 쇼헤이는 2017시즌이 끝나고 메이저리그 진출을
선언했다.

당시 포스팅을 통해 20개 구단이 참가했다.

나머지 10개 구단은 이기지 못할 것임을 예상하고 아예 참가를 포기한 것이다.

20개 구단의 치열한 영입전의 승자는 뉴욕 양키스였다.

당시 리빌딩을 하고 있던 양키스는 오오타니를 팀의 에이스로 낙점했다.

계약 금액은 9년에 3억 불.

1년에 평균 3,300만 불이란 엄청난 금액을 받으면서 말이다.

양키스의 과도한 영입이라는 평가도 있었지만 그 선택은 옳았다.

첫해 18승 5패 평균 자책점 2.31을 기록하면서 사이영 상을 수상했다.

이후에도 두 자릿수 승수를 꾸준히 하며 언제나 사이영 상 후보까지 이름에 올렸다.

하지만 2021년에는 영웅에게 사이영 상을 뺏겼다.

올 시즌 역시 4승 1패의 준수한 성적을 내고 있었다.

그러나 모든 기록에서 영웅에게 밀렸다. 한국 언론에서 그 점을 중점적으로 다루기도 했었다.

양국에는 미묘한 감정이 있기에 언론들도 두 선수를 매번 비교하면서 다양한 기사들을 내보냈다.

두 선수가 맞붙는 건 처음이었다.

도쿄 올림픽에서는 오오타니가 구단의 반대에 부딪혀 출전을 하지 못했다.

2021년 월드 베이스볼 클래식에서는 영웅이 구단이 반대해 대표팀에 가지 않았다. 올림픽에 무리하게 보내준 구단에 대한 보상 차원이었다.

메이저리그에서도 두 사람의 일정은 겹치지 않았다. 같은 지구에 소속된 두 사람이 아니기에 가능했다.

일본 역시 그런 두 사람의 첫 대결을 매우 비중 있게 다루었다.

그리고 결전의 날이 다가왔다.

[양키스타디움이 관중으로 가득 찼습니다! 미국인데도 불구하고 한글과 일본어로 된 피켓이 눈에 많이 보입니다.]

[양국을 대표하는 에이스들이 미국이라는 제3국에서 대결을 펼치게 됐어요. 매우 흥미롭습니다.]

[오오타니 선수가 먼저 마운드에 오릅니다. 18시즌부터 양키스의 유니폼을 입은 오오타니 선수, 올 시즌이 끝나면 옵트아웃이 가능한 5시즌이 지나게 됩니다. 현지 언론에서는 다양한 의견이 나오고 있는데요, 어떻게 보십니까?]

[지금까지 오오타니 선수는 매 시즌 두 자릿수 이상의 승리를 올렸습니다. 양키스에서 에이스 역할을 해왔죠. 그렇기 때문에 연장 계약을 할 수도 있다고 봅니다. 하지만 다른 구단들 역시 이미 검증이 끝난 오오타니 선수를 영입하려고 할 수도 있겠죠.]

[그렇군요. 연습 투구가 끝나고 경기 시작됩니다. 인디언

스는 올 시즌 3할 9푼 3리의 타율을 기록 중인 조 파렐 선수가 들어섭니다.]

사인을 교환한 오오타니가 와인드업을 했다.

쐐애애액-!

뻐억-!

"스트라이크!!"

[초구 스트라이크로 시작합니다. 초구부터 100마일의 구속이 찍힙니다! 대단합니다!]

[오오타니 선수의 평균 구속은 99마일입니다. 또한 100마일 이상의 공 역시 언제든지 던질 수 있습니다.]

조 파렐이 인상을 구겼다.

'언제 봐도 빠른 공이다.'

투수와는 달리 타자들은 각 지구의 투수들과 한 번씩은 만나게 된다.

조 파렐 역시 2020시즌부터 주전으로 뛰었기에 오오타니와 여러 번 상대를 했다.

그중에서 안타를 때린 건 고작해야 5번에 불과했다.

42번 타석에 서서 말이다. 1할 2푼에 불과한 상대 타율이었다.

[2구 던집니다.]

쐐애애액-!

'또 패스트볼이냐!'

파렐의 배트가 빠르게 돌았다.

그 순간 공이 사라졌다.

후웅-!

퍽-!

"스트라이크! 투!!"

"큭······!"

갑자기 눈앞에서 공이 사라졌지만 파렐은 당황하지 않았다.

어떤 구종인지 알기 때문이다.

[90마일의 고속 포크볼에 배트 헛돕니다!]

[여전히 강력한 포크볼입니다. 메이저리그의 날고 기는 타자들도 저 결정구에 속수무책입니다.]

웬만한 투수들의 패스트볼보다 빠른 포크볼.

타자들의 입장에서는 공이 사라지는 것과 다를 바 없었다.

'후우-! 진정하자.'

타석에서 물러나 한숨을 내쉰 파렐이 다시 배트를 쥐었다.

"플레이볼!"

경기는 재개됐고 오오타니는 사인을 교환했다.

고개를 몇 번 가로저은 오오타니가 드디어 끄덕였다.

[3구 던집니다.]

와인드업을 한 오오타니가 다리를 내디뎠다.

쐐애애액-!

공이 손을 떠나는 순간 파렐의 배트가 돌았다.

하지만 몸 쪽 코스를 관통하는 공과 배트의 궤적은 차이가 있었다.

뻐억-!

"스트라이크!! 배터 아웃!"

[삼구삼진! 인디언스의 돌격대장 조 파렐을 돌려세우는 데 필요한 공은 단 세 개였습니다! 강합니다! 오오타니!!]

[마지막 공의 구속이 101마일이 찍혔습니다. 정말 대단한 투수예요.]

오오타니 쇼헤이는 강력했다.

세 타자를 상대로 던진 공은 고작 12개.

너무나 간단하게 삼자범퇴로 이닝을 마감한 그는 무실점으로 마운드를 내려왔다.

비어 있는 마운드에 다른 주인이 찾아왔다.

바로 강영웅이었다.

[강영웅 선수, 마운드에 오릅니다. 직전 경기에서 많은 안타를 허용했던 강영웅 선수인데요. 그로 인해 많은 언론과 야구팬들 사이에서 격론이 오갔습니다. 체력이 떨어졌다, 오버 페이스가 아니었나? 하는 의견도 있었는데요. 황 위원님은 어떻게 보십니까?]

[전 아니라고 봅니다. 강영웅 선수는 이미 두 번의 시즌에서 자신의 내구력을 보여주었습니다.]

[그럼 지난 경기에서 많은 안타를 허용한 건 무슨 이유라고 생각하시나요?]

[글쎄요. 솔직하게 말씀드리면 거기까진 잘 모르겠습니다. 하지만 오늘 경기에서 이전의 모습을 보여줄 것이라 기대합니다.]

[그…… 그렇군요.]

해설 위원의 말에 실시간 댓글창이 시끄러워졌다.

대부분 부정적인 글이었다.

[연습 투구가 끝나고 경기 시작합니다.]

영웅이 사인을 교환했다.

곧 고개를 끄덕이고 와인드업에 들어갔다. 상체를 비틀었던 영웅이 회전을 시작하며 다리를 내디뎠다.

타닥—!

하체가 단단하게 고정되자 허리가 회전했다. 뒤이어 상체가 회전했고 팔도 함께 돌아갔다.

휘릭—!

모든 힘을 손끝에 집중시킨 영웅은 자신의 릴리스 포인트에서 공을 뿌렸다.

쐐애애애액—!

타자와의 공간을 관통한 공이 바깥쪽 낮은 코스를 찔렀다.

뻐엉—!

"스트라이크!!"

[초구 스트라이크입니다!! 구속은…… 100마일이 찍혔습니다!!]

[괴…… 굉장합니다. 직전 경기에서는 95마일이 채 넘지를 못했는데 말이죠.]

댓글창의 분위기가 반전이 됐다.

—강영웅이 돌아왔다!

—이전 경기는 일시적 부진이었다니깐!

—강까들 어디 갔습니까?

―공 하나로 겁나 좋아들 하네.

―아직 섣부른 판단임.

하지만 여전히 의심하는 사람들도 있었다. 그때 영웅이 2구를 뿌렸다.

쐐애애액―!

이번에는 타자의 배트도 돌아갔다.

후웅―!

그 순간 공이 도망치듯 아래로 떨어졌다.

'놓치지 않는다!'

떨어지는 변화구까지 생각한 듯 타자가 무게중심을 낮추었다.

단단한 하체가 급격한 변화를 잡아주었다. 동시에 손목을 비틀어 배트의 궤적까지 변경했다.

공과의 궤적을 다시 맞춘 순간.

다시 한번 변했다. 밑으로 떨어지던 공이 바깥쪽으로 도망치기 시작한 것이다.

'무슨?!'

더 이상 궤적을 바꿀 수 없었다.

뻐억―!

"스트라이크!! 투!"

[헛스윙입니다! 90마일의 고속 슬라이더에 배트가 헛돌았습니다!]

"제길!"

완전히 속았다. 고속 슬라이더는 영웅의 주 무기 중 하나다.

'작년보다 떨어지는 각도가 더 커졌어.'

영웅의 고속 슬라이더는 독특했다.

대부분 속도가 붙는 슬라이더의 경우, 변화하는 각도가 적었다.

그래서 컷 패스트볼과 혼동이 오기도 했다.

하지만 영웅의 고속 슬라이더는 변화하는 각도가 컸다. 특히 떨어지는 각도만 놓고 보면 파워커브와 흡사했다. 또한 떨어지다가 종으로 변화를 일으키기 때문에 타자의 입장에선 파워커브와 헷갈리게 된다.

'빠르게 승부를 걸어올 수도 있다.'

직전 경기에서 삼구 승부는 없었다.

하지만 영웅의 전체 데이터를 보면 드문 일도 아니었다.

미리 대비를 해야 했다.

'비슷한 공은 모조리 커트해 주마.'

와인드업과 함께 영웅이 공을 뿌렸다.

쐐애애액-!

인코스를 날카롭게 찔러오는 공이었다. 스트라이크존에 정확히 들어온다고 볼 순 없었다.

하지만 카운트가 밀려 있는 상황. 섣불리 거를 수도 없었다.

'커트!'

가볍게 배트를 내밀었다.

안타가 아닌 커트만을 위해서라면 프로급 선수는 대부분의 공을 커트해 낼 수 있다.

하물며 이곳은 메이저리그다. 당연히 커트 능력도 수준이 높을 수밖에 없었다.

그럴 게 분명한데.

후웅-!

뻐억-!

"스트라이크!! 배터 아웃!!"

공이 도망쳤다. 분명 궤적에 맞춰 배트를 돌렸는데 마지막 순간 공이 떨어지지 않았다.

'라이징…….'

얼굴이 일그러졌다. 직전 경기에서 한 번도 던지지 못했던 라이징 무브먼트.

그것이 나온 것이다.

'제길……. 구위를 회복했구나.'

양키스의 리드오프 라파엘이 더그아웃으로 들어가다 대기 타석에서 멈췄다.

"마지막 공, 라이징 무브먼트로 공이 들어왔다. 직전 경기의 부진은 일시적이었던 거 같다."

"그래."

[99마일 패스트볼에 라파엘의 배트가 헛돕니다! 삼구 삼진!]

[마지막 공은 라이징 무브먼트를 일으키면서 들어갔습니다. 라파엘 선수의 스윙은 커트를 목적으로 했는데도 맞히지를 못했어요. 그만큼 공의 구위가 뛰어나다는 반증입니다.]

[즉, 직전 경기의 부진은 일시적이었다. 이렇게 볼 수 있

겠군요?]

[그렇습니다.]

두 번째 타자를 상대로 다시 삼진.

그리고 세 번째 타자는 중견수 뜬공으로 처리하며 영웅의
첫 회는 끝났다.

투구 수는 단 10개.

더 이상 그의 부진을 이야기하는 사람은 없었다.

경기는 투수전이 됐다.

100마일 이상의 패스트볼과 90마일의 포크볼을 필두로 한
오오타니의 피칭에 타자들의 배트는 번번이 헛돌았다.

양키스 역시 마찬가지였다.

90마일 후반의 패스트볼과 80마일 후반의 고속 슬라이더
에 제대로 된 스윙을 하지 못했다.

게다가 패스트볼의 무브먼트가 여러 각도로 들어와 타자
들을 현혹시켰다.

그 결과 5회까지 두 팀은 단 하나의 안타도 기록하지 못하
고 있었다.

뻐억-!

"스트라이크!! 배터 아웃!"

"제길!"

6회.

선두 타자로 나선 알론조가 5구 만에 헛스윙으로 삼진이 됐다.

시즌 초반.

5번 타순이던 알론조는 5월 들어 극심한 부진에 시달리고 있었다.

부담감이라 판단한 밀러 감독은 그의 타순을 7번으로 내렸다. 하지만 좀처럼 타격감이 올라오지 못하고 있었다.

"오오타니가 좋군요."

"그러게 말이야."

수석 코치인 볼튼과 대화를 나누며 탈출구를 찾으려 애썼다.

그러나 오오타니는 철벽과 같았다.

'분위기 반전을 꾀해야 되겠군.'

밀러 감독의 시선이 더그아웃을 살폈다. 대부분의 선수가 자리에서 휴식을 취하거나 난간에 매달려 경기를 주시하고 있었다.

하지만 한 명의 선수만이 뒤에서 스윙 연습을 하고 있었다.

박형수였다.

어제 오늘의 일이 아니었다. 경기에 나가지 못하더라도 그는 언제나 구석에서 스윙을 했다.

대타는 무척이나 힘들다. 벤치에 앉아 있다가 나가기 때문에 신체가 충분히 깨어나지 못한 상태다.

그런 상황에서 90마일 후반, 100마일이 넘어가는 공을 치는 건 어려운 일이다. 최소한 몸을 풀고 나름대로 타이밍을 맞추는 연습을 꾸준히 해야 된다.

그리고 박형수는 그 준비를 하고 있었다.

"박!"

"예?"

"다음 이닝을 준비하고 있어."

박형수의 입가에 미소가 그려졌다.

"알겠습니다."

뻐억—!

"스트라이크!! 배터 아웃!"

[다시 삼진입니다! 오늘 경기 10번째 탈삼진을 기록하는 오오타니 선수! 6회 초 역시 무실점으로 막아내며 마운드를 내려옵니다.]

언뜻 보면 비등한 대결이었다.

하지만 다른 점이 있었다.

바로 투구 수였다.

6회를 끝낸 오오타니의 투구 수는 78구.

반면 6회 말에 마운드에 올라오는 영웅의 투구 수는 81개였다.

이런 차이가 벌어진 건 타자들 때문이었다.

인디언스는 오오타니의 공에 빠른 승부를 걸어왔다.

반면 양키스는 영웅의 공을 차분하게 지켜보며 때로는 커트를 해나갔다.

당연히 투구 수에 차이가 있을 수밖에 없었다.

6회에도 양키스는 침착했다.

뻐억-!

"볼! 쓰리!"

[떨어지는 슬라이더를 침착하게 골라냅니다. 타자일순이 된 이후부터 쓰리 볼이 되는 경우가 자주 나옵니다.]

[음, 양키스의 타자들이 무척이나 침착합니다. 변화구에 섣불리 배트를 내밀지 않고 있어요.]

[체력적으로 문제는 없는 걸까요?]

[패스트볼의 구속은 여전히 90마일 후반이 찍히고 있습니다. 체력은 아직 괜찮을 것으로 보입니다.]

아니었다.

영웅의 체력은 확실히 떨어지고 있었다.

구속은 그대로였지만 구위가 떨어졌다는 게 그 증거였다.

그리고 밀러 감독은 그 사실을 눈치챘다.

"불펜에 투수들 준비시켜."

"알겠습니다."

이번 이닝이 분수령이 될 가능성이 컸다.

'위기가 오지 않으면 좋겠지만…….'

하지만 이런 불길한 예감은 잘 들어맞는다.

지금도 그랬다.

뻐억-!

"볼! 베이스 온 볼!"

[아~ 볼넷입니다. 풀카운트 승부에서 승부구로 던진 패스트볼이 너무 높게 들어갑니다.]

[하이 패스트볼은 충분한 구위가 없으면 배트를 끌고 나올 수 없습니다. 지금 공은 너무 높게 들어가기도 했지만 구위도 많이 떨어져 있었어요.]

주자 한 명이 나갔다.

아직 위기라고는 할 수 없었다.

그러나 흐름이 나빠지고 있는 건 분명한 사실이었다.

양키스는 타기 시작한 흐름을 놓치지 않았다.

따악−!

[5구를 통타! 좌익수 앞에 떨어집니다! 오늘 경기 첫 안타를 기록하는 양키스입니다.]

[노 아웃에 주자 1, 2루가 되는군요.]

[투구 수가 급격하게 늘어나고 있습니다.]

아웃 카운트를 하나도 잡지 못한 채 투구 수가 90개가 됐다.

"타임!"

[여기서 페르나 포수가 타임을 요청합니다.]

[좋은 타이밍입니다. 분위기를 환기시켜 줄 필요가 있습니다.]

마운드에 방문한 페르나가 영웅의 상태를 살폈다.

"방금 전 안타는 별로 신경 쓰지 않아도 돼. 좋은 코스로 들어왔지만 저 녀석이 잘 때렸다."

"그랬나?"

"그래, 그리고 녀석들이 공을 오래 보는 쪽으로 택한 거 같으니 빠르게 승부하는 건 어때?"

"좋지."

페르나는 영웅을 진정시키면서도 앞으로의 투구에 대한 목적을 확실히 주지시켰다.

하지만 영웅은 알고 있었다. 투구 수가 늘어나면서 공의 위력이 점점 떨어지고 있다는 걸 말이다.

'이렇게 내려갈 수 없다.'

마운드를 내려가는 페르나를 보며 영웅이 생각을 정리했다.

'직전 경기에서 6이닝밖에 던지지 못했어. 게다가 최근 불펜에 과부하가 걸렸다. 내가 어떻게든 긴 이닝을 책임져야 된다.'

영웅은 어린 나이다.

하지만 에이스에 대한 책임감은 대단히 컸다. 그렇기에 7 이닝 이상을 던져야 된다는 의무감을 가지고 있었다.

'고작 이 정도에 지쳐서 어떻게 1선발이란 자리를 맡을 수 있겠어?'

자문을 한 영웅이 다시 마운드에 섰다.

'반드시 막는다.'

[오늘 경기 처음으로 페르나 선수가 마운드에 방문을 했는데요. 과연 효과가 있을지 기대가 됩니다.]

사인을 교환한 영웅이 세트포지션에 들어갔다. 베이스의 두 주자들은 리드 폭을 크게 가져가지 않았다.

만약의 사태를 대비하기 위함이다. 덕분에 영웅은 타자에게만 집중할 수 있었다.

[강영웅 선수, 초구 던집니다.]

세트포지션에서 영웅의 트위스트는 나오지 않았다.

트위스트가 나오면 투구 동작으로 인정되기 때문에 베이스로 공을 던질 수 없기 때문이다.

'손끝에 집중해라. 구위가 떨어져서는 안 돼!'

사실 영웅의 와인드업 포지션과 세트포지션의 구속 차이는 크지 않았다.

평균적으로 봤을 때 1마일의 차이만 보였다.

하지만 공의 회전수는 많은 차이가 났다.

즉, 구위가 떨어진다는 소리다.

그러나 지금은 절대 안타를 맞아서는 안 되는 상황이다.

그것을 알기에 영웅은 손끝에 집중했다.

그래서일까?

평소보다 실밥의 감촉이 더욱 확실하게 느껴졌다.

'여기서 긁으면 된다!'

자신의 릴리스 포인트에 도달했을 때 실밥을 챘다.

쐐애애액-!

맹렬한 회전을 하는 공이 미트를 노리고 날아들었다.

그사이에서 기다리고 있던 타자가 배트를 돌렸다.

'네 녀석이 세트포지션에서 약하다는 건 알고 있었다!'

그래서 초구부터 노렸다.

'헉?!'

그런데 공이 떨어지지 않았다.

공의 궤적은 배트의 위를 지나 그대로 미트에 꽂혔다.

뻐억-!

"스트라이크!!"

[초구, 96마일이 찍힙니다! 하이 패스트볼에 완전히 배트가 헛돌고 맙니다!]

[무척이나 좋은 공이었습니다.]

공을 받은 영웅은 자신의 손을 내려다봤다.

방금 전 자세하게 느껴지던 그 감각이 여전히 손끝에 남아 있었다.

'이 감각을 잃어선 안 돼.'

금방이라도 사라질 것 같았다.

영웅은 빠르게 마운드에 섰다.

사인을 교환하고 빠르게 공을 뿌렸다.

쐐애애액-!

이번에도 패스트볼의 궤적을 그리는 공을 본 타자가 빠르게 배트를 돌렸다.

'이번에야말로!!'

그 순간 공이 휘기 시작했다.

날카롭게 횡으로 휘는 공에 배트가 빗맞았다.

딱-!

[3루 라인을 타고 흐르는 빗맞은 타구! 데커, 베이스 뒤에서 공을 잡아 베이스를 터치!]

"아웃!"

데커는 빠르게 2루로 공을 뿌렸다.

쐐애액−!

퍽!

"아웃!"

[투 아웃! 그리고 공은 1루에!]

퍽−!

"세이프!!"

[아깝습니다! 간발의 차로 1루에서 세이프가 됩니다.]

[트리플 플레이가 나올 수 있었는데 정말 아깝게 됐습니다.]

비록 트리플 플레이에 실패했지만 상관없었다. 영웅은 다시 자신감을 찾았다.

뻐억−!

"스트라이크!! 배터 아웃!"

[삼구삼진!! 위기가 찾아왔지만 더블플레이로 무사히 넘기면서 다시 페이스를 되찾는 강영웅 선수입니다!!]

스스로의 위기를 넘어선 영웅이 마운드에서 내려왔다.

'다음 이닝도 맡겨도 되겠군.'

밀러 감독도 생각을 정리하며 팀의 공격을 바라봤다.

선두 타자는 조 파렐이었다.

앞서 두 번의 타석에서 삼진과 내야 땅볼로 물러났다.

리드오프가 나가지 못하니 공격의 물꼬가 제대로 트이지 않았다.

파렐도 그걸 알기에 이번 공격에 임하는 자세가 남달랐다.

뻐억−!

"스트라이크!!"

초구는 놓쳤다. 80구에 가깝게 던졌지만 여전히 90마일 후반의 빠른 공이 날아왔다.

'하지만 구위는 떨어졌다.'

세 개 중에 하나 정도는 밋밋한 무브먼트를 보여주었다.

'변화구는 모두 버린다.'

90마일 후반의 공을 노린다는 건 어려운 일이다.

그러나 변화를 하지 않는다면 충분히 때릴 수 있을 거라 판단을 내렸다.

그 결정은 정확히 맞아떨어졌다.

[원 볼 원 스트라이크에서 3구 던집니다.]

쐐애액ㅡ!

오오타니의 손을 떠난 공이 매서운 속도로 날아왔다.

분명 구속은 빨랐지만 홈플레이트에 오면서 일으키는 무브먼트가 없었다.

'간결하게!'

조 파렐은 욕심을 내지 않았다. 본인이 해야 될 일을 정확히 알고 있었다.

따악ㅡ!

경쾌한 소리와 함께 타구가 빠르게 날아갔다.

[방향이 좋습니다!]

좌중간을 향해 뻗어가는 타구에 좌익수가 전력질주를 하다 몸을 날렸다.

하지만 공이 먼저 떨어졌다.

퍼퍽ㅡ!

[원 바운드로 공을 잡았습니다! 그사이 파렐 선수는 1루를 돌아 2루로! 공도 2루로 향합니다! 하지만 먼저 베이스를 밟는 파렐 선수! 2루타를 기록합니다!]

[오늘 경기 첫 안타가 파렐 선수에게서 나오는군요.]

파렐이 주먹을 불끈 쥐었다. 기회가 찾아왔다.

밀러 감독은 곧장 움직였다.

"교체입니다."

주심에게 알렸다.

[여기서 대타를 기용하는 밀러 감독!]

[승부수라고 볼 수 있겠군요.]

[대타로 나온 선수는 박형수 선수입니다!]

[어려운 상황에 대타로 나오는군요.]

아직 자리를 잡지 못한 박형수에 대한 평가는 극과 극을 달렸다.

그런 평가와 별개로 박형수는 침착하게 오오타니의 공을 기다렸다.

뻑-!

"볼!"

[초구 고속 포크볼이 볼이 됩니다. 박형수 선수는 국제 대회에서 오오타니 선수와 대결한 경험이 있지 않습니까?]

[그렇습니다. 총 4번을 대결해서 2안타를 기록했습니다. 그중에 하나가 결승 홈런이었습니다.]

[이번 타석에서도 좋은 모습을 보여주었으면 좋겠는데요.]

후웅-!

퍼엉-!

"스트라이크!!"

[97마일의 패스트볼에 배트 헛돕니다.]

[주전으로 출전을 했으면 더 좋은 모습을 보였을 텐데 말이죠. 대타로 나온 게 아쉽습니다.]

타이밍이 조금씩 어긋났다.

본인 역시 그 사실을 잘 알고 있었다.

'대타로 나와 90마일 후반의 공에 반응하는 게 쉽지 않아.'

이내 고개를 저었다.

'핑계에 불과하다. 박형수! 언제부터 그렇게 핑계를 대면서 살았나?'

박형수는 처음부터 슈퍼스타가 아니었다.

고교 졸업 후 드래프트에서 지명을 받지 못해 대학에 입학했다. 다행히 좋은 스승을 만나 실력이 일취월장했다. 덕분에 프로에 진출할 수 있었다.

프로 생활 역시 그리 녹록치 않았다. 많은 라이벌이 있었고 부상도 찾아왔다. 지쳐 갈 때쯤 또 한 명의 스승을 만나 타격에 눈을 떴다.

타격 폼을 수정하고 웨이트 트레이닝을 통해 압도적인 파워를 손에 넣을 수 있었다.

이후로 언제나 슈퍼스타였고 박형수! 하면 홈런으로 통했다.

하지만 그 파워도 메이저리그에선 잘 통하지 않았다. 겉으론 내색하지 않았지만 조급함도 들었다. 기회를 얻지 못했다는 언론의 기사를 위로 삼아 지내왔다.

'지금 이 타석도 기회다.'

박형수가 다시 타석에 섰다. 생각을 정리해서 그런 걸까? 망설임이 사라졌다. 이전까지만 하더라도 노림수를 결정하지 못했다.

하지만 지금은 아니었다.

'파렐이 패스트볼을 노렸다. 그 소리는 무브먼트가 줄어들었다는 이야기다.'

빠르게 머리가 회전했다.

배터리의 사인이 길어지는 게 오히려 다행이었다.

2루의 파렐은 연신 리드 폭을 늘리면서 오오타니의 신경을 분산시켰다.

3구를 던지기까지 꽤 오랜 시간이 소비됐다.

'사인이 길어지는 건 배터리 역시 패스트볼의 무브먼트가 줄었다는 걸 알고 있는 거 같은데.'

박형수의 포지션 역시 포수다.

올 시즌에는 마스크를 몇 번 쓰지 못했지만 배터리의 심리를 읽는 능력은 사라지지 않았다.

'3구를 지켜볼 필요가 있겠어.'

오오타니가 세트포지션을 취했다.

사인 교환이 끝난 것이다.

이번에 던지는 공이 매우 중요해졌다. 파렐을 눈으로 견제한 오오타니의 발이 홈플레이트로 향했다.

"흡-!"

쐐애애액-!

빠르게 날아오는 공이 스트라이크존을 파고들었다.

'칠까?'

공의 궤적을 보는 순간 갈등이 되었다.

자신이 좋아하는 코스다.

몸 쪽 높은 코스.

여기서 배트를 돌려 공을 잡아당기면 담장 밖으로 넘어갈 것 같았다.

하지만 박형수는 자신의 판단을 믿었다.

기다려야 된다.

그때였다.

공의 궤적이 변하더니 밑으로 뚝 떨어졌다.

퍽-!

"스트라이크!! 투!"

박형수가 안도의 한숨을 내쉬었다.

마운드 위의 오오타니는 아쉬운 듯 혀를 차는 모습이 보였다.

분명 공은 스트라이크가 됐고 볼카운트는 몰렸다.

그러나 이번 수 싸움은 박형수가 이긴 것이다.

만약 스윙을 했다면 공의 위를 때렸을 것이고 그라운드볼이 됐을 것이다.

그것도 몸 쪽이었기 때문에 유격수나 3루 방향으로 공이 갔을 것이다.

즉, 진루타도 실패했을 거란 이야기다.

오오타니는 그걸 노리고 몸 쪽 포크볼을 던진 것이다.

'머리가 좋다.'

치지 않더라도 볼카운트는 유리하게 가져가겠다라는 전략까지 깔려 있는 공이었다.

'상대 역시 패스트볼에 대한 의문이 생겼다.'

패스트볼의 구위가 떨어진 이상 변화구로 승부를 택한 것이다.

'정상적인 경우라면 두 번의 유인구가 있을 수도 있다.'

하지만 그렇게 할 것인가?

의문이 들었다.

국제 대회에서 만났던 오오타니는 매우 공격적인 피칭을 했다. 또한 자신의 패스트볼에 대한 프라이드가 대단했다.

실제 홈런을 친 다음 타석에서 7개의 공 모두 패스트볼을 던진 적도 있었다.

'사인 교환을 잘 봐야 돼.'

만약 배터리의 의견 교환에 불협화음이 생긴다면 길어질 것이다. 그리고 예상은 정확히 맞았다.

교환이 길어지기 시작했다. 간간히 2루에 공을 던져 시간을 지연시키기도 했다.

고개를 젓는 모습도 많이 보였다.

'오오타니는 패스트볼에 대한 미련을 버리지 못했다.'

투수는 자존심이 매우 강하다.

특히 에이스급 투수들의 자존심은 표현할 길이 없을 정도다. 그렇기에 배터리들은 자신과 의견이 다르다 하더라도 투수의 자존심을 살려주는 편이었다.

'이 녀석도 마찬가지겠지.'

양키스의 포수는 베테랑이었다.

19년에 FA로 양키스에 영입이 되어 꾸준히 주전으로 기용되고 있었다.

다양한 투수의 색깔을 맞춰주는 포수였다.

'이번에도 그렇게 할 거라 생각한다.'

박형수는 노림수를 결정했다.

그리고 오오타니 역시 사인 교환을 끝내고 세트포지션에 들어갔다. 보이지 않는 두뇌 싸움 끝에 4구가 던져졌다. 동시에 파렐이 2루 베이스에서 달리기 시작했다.

런 앤 히트 사인은 나오지 않았다.

단독 도루.

상황을 판단한 박형수의 시선이 오오타니의 릴리스 포인트를 확인했다.

쐐애애액-!

강하게 뿌린 공이 빠르게 날아왔다.

코스는 바깥쪽 낮은 곳.

우타자인 박형수에게서 가장 먼 곳이었다.

'예상대로!'

그걸 미리 예상했던 박형수가 다리를 내디디며 배트를 돌렸다. 바깥쪽 공을 치기는 어렵다. 스윙과 공의 궤적이 만나는 지점이 한 곳에 불과하기 때문이다. 대부분 배트의 끝에 맞기 때문에 밀어치는 타구가 나올 수밖에 없었다.

'무브먼트는 줄었다! 스트레이트로 들어올 게 분명해!'

히팅 포인트에 배트가 근접한 순간 박형수가 손목에 힘을 집중시켰다.

공과 배트의 끝이 만나는 순간 밀린다면 타구는 평범한 플라이가 될 뿐이었다.

따악─!

경쾌한 소리가 울렸다.

순간적으로 배트가 뒤로 살짝 밀렸다.

하지만 박형수는 포기하지 않고 팔로우 스윙을 끝까지 가져갔다.

후웅─!

왼쪽 어깨 너머로 돌아간 배트의 끝이 오른쪽 어깨까지 닿았다.

그가 얼마나 팔로우 스윙에 집중했는지 알 수 있는 장면이었다.

[타구가 높게 뜹니다!! 3루로 달리던 파렐 선수 자리에 멈춥니다!]

파렐의 판단은 정확했다.

만약 플라이로 끝난다면 귀루를 해야 된다.

하지만 그가 귀루할 일은 일어나지 않았다.

타구가 그대로 담장을 넘어가 버렸다.

[너…… 넘어갔습니다!! 오오타니 선수 올 시즌 첫 피홈런을 허용하게 됩니다!!]

[대단합니다. 100마일의 빠른 공을 그대로 밀어쳐 홈런을

만들어냈습니다.]

밀어쳐서 홈런을 만드는 건 무척이나 어렵다.

그렇기에 사람들은 더 경악을 했다.

또한 올 시즌 아직까지 피홈런을 허용하지 않고 있던 오오타니에게서 뺏어낸 홈런이었다.

양키스타디움은 순간 정적에 휩싸였다.

예상치 못한 홈런에 충격을 받은 것이다.

분위기는 인디언스에게 넘어왔다. 타자들은 그 기회를 놓치지 않았다.

딱─!

[우익수 키를 넘기는 큰 타구가 나옵니다! 연속 3안타를 기록하는 인디언스 타선입니다!]

오오타니는 급격하게 무너졌다.

예상치 못한 한 방의 대미지는 예상보다 컸다.

덕분에 공격 시간이 길어졌다. 영웅의 입장에선 무척이나 고마운 일이었다.

'체력이 조금씩 돌아온다.'

긴 휴식 시간이 오늘은 득이 됐다. 떨어졌던 체력이 회복된 것이다. 게다가 점수가 나면서 여유도 생겼다.

'8회까지 간다.'

스스로 결단을 내렸다.

그사이 그라운드에서는 많은 변화가 일어났다.

연속 5개의 안타를 맞은 오오타니가 결국 강판이 된 것이다.

6회까지 퍼펙트를 기록했던 그였기에 아쉬움은 컸다.

하지만 인디언스 입장에서는 매우 좋은 기회였다. 오오타니가 내려간 시점에서 주자는 만루.

3점을 앞선 상황이었다.

여기서 더 점수를 낸다면 승기를 완벽히 가져올 수 있었다.

하지만 양키스의 저력은 대단했다.

셋업맨 역할을 하던 데니스 와이드를 올려 내야플라이, 그리고 병살타로 이닝을 마감했다.

[만루에서 점수를 내지 못했습니다!]

[분위기가 넘어가지 않았으면 좋겠는데요.]

[7회 말! 다시 마운드에 강영웅 선수가 올라왔습니다.]

야구의 흐름은 매우 특별하다.

분명 좋은 흐름으로 점수까지 냈는데도 만루에서 점수를 내지 못해 분위기가 넘어가려 하고 있었다.

영웅 역시 그것을 느꼈다.

하지만 길어진 휴식 시간 덕분인지 어깨가 가벼웠다.

영웅은 첫 타자를 상대로 초구부터 강력한 공을 뿌렸다.

쐐애애액-!

빼억-!

"스트라이크!!"

[초구 97마일의 빠른 공이 미트에 꽂힙니다!!]

[공격 시간이 길어지면서 충분한 휴식을 취한 것으로 보입니다.]

2구는 고속 슬라이더였다. 이번에는 타자의 배트가 나왔다.

후웅-!

빡-!

하지만 공의 궤적과는 차이가 있었다.

"스트라이크! 투!!"

[헛스윙! 88마일의 고속 슬라이더에 배트 헛돕니다!]

승부를 길게 가져갈 생각은 없었다. 페르나 역시 같은 생각이었는지 공격적인 코스를 요구했다.

영웅은 곧장 고개를 끄덕이고 3구를 뿌렸다.

쐐애애액-!

빠르게 날아오는 공에 타자의 배트가 돌았다.

후웅-!

그 순간 공이 횡으로 휘면서 배트를 피해 미트에 꽂혔다.

빠억-!

"스트라이크!! 배터 아웃!"

[삼구삼진!! 마지막 공은 92마일의 컷 패스트볼이었습니다!!]

[굉장하군요. 완벽 부활을 했어요.]

압도적인 투구에 넘어가던 흐름은 다시 인디언스에게 돌아왔다.

삼자범퇴로 이닝을 마감한 영웅이 마운드를 내려왔다.

[7회 말 역시 무실점으로 이닝을 끝냅니다! 무실점 행진은 58과 2/3이닝!! 메이저리그 신기록까지 단 한 타자만 남았습니다!!]

오렐 허사이져의 59이닝 무실점 기록이 코앞으로 다가왔다.

투구 수가 110개가 된 영웅이 다음 이닝에도 마운드에 오를지 알 수 없는 일이었다.

밀러 감독의 입장에선 영웅을 쉬게 하고 싶었다.

'그동안의 피로가 많이 쌓였다. 이닝을 조절해줄 필요가 있는데…….'

시즌은 아직 많이 남았다.

무실점 행진이 메이저리그 신기록이긴 하지만 감독의 입장에선 에이스를 무리시키고 싶지 않았다.

그렇기에 영웅에게 다가가 그런 생각을 이야기했다.

"더 완벽한 컨디션으로 다음 경기에서 기록을 작성하는 게 어떤가?"

납득할 수 있는 이유였다.

하지만 영웅의 생각은 달랐다.

"오늘 경기에서 기록을 달성하고 싶습니다."

본인의 의사를 확실히 전달하는 그의 모습에 밀러는 고개를 끄덕일 수밖에 없었다.

"알겠네. 하지만 점수를 내주면 바로 교체할 수밖에 없어."

"알겠습니다."

그사이 인디언스의 8회 초 공격이 끝났다.

추가점은 없었다.

"행운을 빌겠네."

밀러는 그 말을 끝으로 자신의 자리로 돌아갔다.

영웅은 가볍게 뺨을 때리고는 자리에서 일어났다.

'오늘로 끝낸다.'

각오를 다진 영웅이 더그아웃을 나섰다.

그가 나오자 관중석이 술렁였다.

인디언스 팬들은 일어나 환호를 보냈고 양키스 팬들도 기대 어린 시선으로 바라봤다.

신기록 달성을 직접 볼 수 있는 일은 흔치 않다.

비록 응원 팀이 제물이 되는 거지만 그렇다 하더라도 기대가 되는 건 어쩔 수 없었다.

[8회!! 강영웅 선수가 다시 한번 마운드에 오릅니다!]

[110구를 던지면서 다음 경기로 기록 달성을 넘기지 않을까 생각했는데요. 하지만 강영웅 선수는 오늘 경기에서 기록 달성을 하고 끝내고 싶나 봅니다.]

[양키스도 대타를 냅니다. 우타 거포인 가브리엘 선수가 나옵니다. 올 시즌 22경기에 출장해 타율 3할 1푼 7리를 기록 중입니다. 안타는 21개를 기록했는데 그중에 5개가 홈런이었습니다.]

[장타력은 가지고 있습니다. 하지만 수비가 약한 데다가 팀 배팅이 잘 이루어지지 않는 선수죠.]

하지만 한 방을 가지고 있었다.

또한 빠른 공에 장점이 있었다.

5개의 홈런 중 4개가 모두 빠른 공을 상대로 때려낸 홈런이었다.

'빠른 공에 강한 거 같지만…….'

영웅이 와인드업을 했다.

상체를 비튼 그가 어깨 너머로 타석을 확인했다.

'어차피 내게서 홈런을 뺏은 게 아니잖아?'

비틀림이 풀리면서 그 반동을 이용, 발을 내디디며 그대로 팔을 채찍처럼 휘둘렀다.

맹렬한 회전과 함께 공이 가브리엘의 몸 쪽을 파고들었다.

배트를 휘두른다? 그런 생각을 하지 못했다. 정말 하얀 점이 순식간에 다가오는 느낌이었다.

퍼엉-!

굉장한 소리가 울려 퍼졌다.

"스…… 스트라이크!!"

[초구를 그냥 보내는 가브리엘 선수! 방금 전 구속은…… 100마일이 찍혔습니다!!]

110구.

대부분의 투수가 한계에 달하는 투구 수다.

영웅 역시 마찬가지였다.

분명 90구 전후로 구속이 줄었다. 구위도 약해졌다. 한데 8회 다시 구위와 구속이 상승하고 있었다. 영웅이 2구를 던지기 위해 와인드업을 했다.

가브리엘도 이번만은 놓치지 않겠다는 듯 각오를 단단히 다졌다.

"흡-!"

기합까지 터뜨리며 전력을 다한 영웅의 손에서 공이 떠났다. 동시에 가브리엘의 배트가 돌았다.

뻐억-!

후웅-!

"스트라이크!! 투!!"

[이번에도 백 마일의 강속구가 들어갑니다!!]

[스윙보다 공이 더 일찍 미트에 꽂혔어요.]

놀라운 일이긴 했다.

하지만 아예 없는 일은 아니다. 구속이 떨어졌던 선수들이 특정 계기를 통해 다시 최고 구속을 넘기는 일은 간혹 일어 났다.

영웅에게 그 계기는 메이저리그 신기록이었다.

'여기까지 온 이상 반드시 이룬다.'

영웅의 의욕은 반대쪽에 앉아 있는 페르나도 느낄 정도 였다.

'이런 상황에서 변화구를 요구하는 건 멍청한 짓이지.'

정석적으로 생각하면 변화구를 요구해야 된다. 볼카운트 가 유리하기 때문이다.

하지만 정석이 꼭 정답은 아니었다. 상황에 따라, 그리고 투수의 성향에 따라 달라져야 했다.

페르나는 그 사실을 잘 알고 있었다.

'몸 쪽 패스트볼.'

3구 연속 몸 쪽 패스트볼을 요구했다.

위험한 코스였다. 몸 쪽은 언제든지 홈런이 나올 수 있기 때문이다.

하지만 지금 영웅의 공이라면 장타는 나오지 않는다.

그런 확신이 있었기에 사인을 낼 수 있었다. 그리고 허를 찌르는 공격이었다.

영웅이 고개를 끄덕였다. 위험성은 알고 있지만 페르나를 믿었다.

3년간 함께 해온 두 사람의 믿음은 끈끈했다.

"후우-!"

기록 달성을 위한 마지막 공이 될 수도 있다.

긴장이 전신을 휘감았다.

떨림을 줄이기 위해 크게 숨을 내쉬었다.

긴장감마저 토해낸 영웅이 다리를 차올리며 상체를 비틀었다.

'간다.'

모든 정신을 집중해 손끝의 감각을 극대화시켰다.

다리를 내딛고 상체를 회전시킨 영웅이 그대로 팔을 돌렸다.

쐐애액-!

빠른 회전과 함께 공이 크로스파이어의 궤적을 그리며 우타자인 가브리엘의 몸 쪽을 파고들었다.

가브리엘은 깜짝 놀랐다.

설마하니 세 번이나 연속해서 같은 코스, 같은 구종으로 공이 올 줄은 몰랐다.

'어떻게든 커트를!'

그게 실수였다.

치려는 목적도 아닌 단순 커트를 할 목적으로 휘두른 배트에 영웅의 공은 걸리지 않았다.

무엇보다 반응도 늦었다.

박형수와 달리 노림수가 들어맞지 않았던 가브리엘은 강

속구에 제대로 반응하지 못했다.

결국.

뻐엉-!

"스트라이크!! 배터 아웃!"

[삼구삼진입니다! 강영웅 선수 개막 이후부터 59이닝 연속 무실점을 기록하며 메이저리그 신기록과 타이를 이루게 됩니다!!]

관중들이 일제히 자리에서 일어났다.

박수갈채가 쏟아졌다.

영웅은 잠깐 동안의 희열을 만끽했다. 순간적으로 힘이 쑥 빠지는 느낌이 들었다. 목표했던 무언가를 이루고 난 뒤의 허무감이었다.

때마침 더그아웃에서 밀러 감독이 나왔다.

바로 교체는 아니었다.

구심에게 타임을 요청하고 마운드를 방문했다.

"축하한다."

가장 먼저 나온 말은 그의 기록 달성을 축하하는 일이었다.

뒤이어 내야수들도 도착했다.

"축하해!"

"이야~ 탈삼진 최다 기록에다가 최다 이닝 무실점이라니."

"완전 괴물이라니까!"

선수들도 흥분한 게 눈에 보였다.

올 시즌 두 개의 메이저리그 신기록을 갈아 치운 선수가 팀 메이트였다.

흥분을 안 할 수가 없었다.

"감사합니다."

"어떻게 더 던지겠나?"

밀러 감독이 다시 한번 의사를 확인했다.

선택은 영웅의 손에 걸려 있었다. 더 던질 거라 예상을 했다.

하지만 영웅은 고개를 저었다.

"여기까지 하겠습니다."

다소 의외의 선택이었다. 그러나 영웅은 냉정하게 생각을 하고 결정을 내렸다.

'110구 이상 던졌다. 이 이상 전력을 다하게 되면 분명 다음 경기에도 영향을 끼치게 될 거야.'

앞서 경험했던 구속이 나오지 않는 일이 또 생길 수도 있다.

만약 그렇게 되면 또다시 최소 이닝만 소화할 수 있게 된다. 그리되면 또다시 불펜에 짐을 지우게 된다. 그건 싫었다.

또 하나의 이유가 있었다.

기록을 달성한 순간 갑자기 힘이 쑥 빠졌다. 이 이상 던지더라도 가브리엘을 상대로 던졌던 공과 같은 강속구는 던지지 못할 거다.

오오타니와 같은 일이 벌어질 수도 있다.

영웅은 이보 전진을 위한 일보 후퇴를 택한 것이다.

"여기 있습니다."

"음, 알겠네. 수고했어."

툭-!

밀러 감독이 공을 건네받으며 영웅의 어깨를 토닥였다.

[아~ 여기서 강영웅 선수가 교체됩니다!]

더그아웃으로 돌아가는 영웅의 머리 위로 박수가 쏟아졌다.

커튼콜이었다.

영웅은 더그아웃에 들어가기 직전.

자리에 멈춰서 관중들을 향해 모자를 벗고 예의를 갖추었다.

단일 시즌에 두 개의 신기록.

메이저리그 전체 역사를 보더라도 드문 일이었다.

그 일을 해냈다.

그것도 메이저리그 단 3시즌 만에 말이다.

그동안 영웅은 수많은 기록으로 미국을 놀래게 만들었다.

데뷔 시즌 최연소 퍼펙트게임.

노히트노런과 동양인 최초의 20승, 사이영 상까지.

고작 3개 시즌 만에 이룬 업적이라고는 믿기지 않을 정도였다.

거기에 메이저리그 역사에 또다시 이름을 남겼다.

단일 경기 최다 탈삼진 21개.

단일 시즌 최다 이닝 무실점 59이닝 타이 기록.

사람들은 경악했다.

그리고 이 선수가 과연 앞으로 어떤 길을 가게 될지 기대를 모았다.

9장
코리언 데이

영웅은 8회 한 타자만 상대하고 내려온 것을 다행으로 생
각했다.

휴식일을 거치면서 컨디션을 끌어올리기 시작한 그는 평
소보다 무거운 몸을 느낄 수 있었다.

하지만 이번에는 당황하지 않았다.

이미 경험했던 일이기에 그에 따른 회복 방법도 알고 있
었다.

영웅은 일단 충분한 휴식을 취했다.

평소보다 하루를 더 투자해 몸을 회복하는 데 주력했다.

혼자 결정한 사안은 아니다.

구단 트레이너에게 상담을 요청했고 그에 따른 회복 방법
을 추천받았다.

"지친 몸을 회복시키는 방법은 다양한 게 있어. 마사지를

받는 선수도 있고 물속에 들어가 가만히 있는 선수도 있지. 때로는 여자들과 노는 걸로 푸는 선수들도 있다."

메이저리그 선수들이라고 해서 스님은 아니다.

오히려 다른 남자들에 비해 혈기왕성하다 보니 시즌 중에 파티를 즐기는 선수도 많았다.

하지만 영웅의 취향은 아니었다.

"파티는 조금 그래."

"음, 그럼 일단 마사지를 통해서 근육들을 회복시키는 쪽으로 잡을까? 그리고 식단도 준비해 주도록 할게."

체력을 회복하는 데 있어 식단은 중요하다.

클리블랜드에 있을 때야 어머니가 식단 관리를 해주니 상관없지만 여기는 뉴욕이었다.

대부분의 식사는 뷔페로 이루어져 있다.

즉, 선수가 자유롭게 먹을 수 있다는 것이다.

평소라면 상관없겠지만 체력을 빠른 시간에 회복시켜야 될 영웅에게는 특별한 식단이 필요했다.

"그럼 부탁할게."

"오케이."

그날부터 구단 트레이너인 레츠와 붙어 다녔다. 구단에서도 영웅은 가장 중요한 선수였다. 당연히 그의 체력 회복에 전폭적인 지원을 해주었다.

영웅의 요청을 들은 구단에서는 외부에서 전문 마사지사를 고용, 그에게 보내주었다.

"근육이 부드럽군요."

40대 중반의 남자인 마사지사의 손이 부드럽게 근육을 주물렀다. 그리 강한 힘이 아니었는데도 노곤하면서 시원함이 느껴졌다.

'아주 좋은 근육이야. 이렇게 부드러우면서도 강한 근육이라니……'

마사지를 하는 남자의 이름은 가드만으로 학위까지 가지고 있는 박사였다.

단순 마사지만이 아니라 스포츠선수들의 몸을 연구하고 그들의 체력이 어떻게 회복되는지에 지대한 관심을 가지고 있었다.

운동 생리학과 스포츠 심리학 쪽에서 매우 인지도가 높은 인물이었다.

그런 가드만조차 영웅과 같은 근육은 처음 접했다.

'동양인이라고는 믿지 않는군.'

그동안 많은 선수의 근육을 만져 왔다.

그중에는 초엘리트 선수들부터 월드클래스급 기량을 가진 선수도 다수 있었다.

종목도 한두 가지가 아니었다.

야구, 축구, 테니스, 철봉, 기계체조, 피겨스케이팅 등등.

다양한 종목의 선수들을 연구했다.

'허벅지는 축구 선수처럼 단단하고 탄력은 농구 선수들과 비슷하다. 어깨의 유연성은 수영 선수와 같고 손목의 힘은 역도 선수와 흡사해.'

마치 모든 운동선수의 장점을 섞어놓은 듯했다.

타고난 부분도 있지만 어릴 때부터 엘리트 교육을 받아온 것 같았다.

"혹시 시즌이 끝나고 시간이 나면 제 연구소에 들러줄 수 있습니까?"

"연구소요?"

"예, 강영웅 선수의 몸을 체계적으로 분석해 보고 싶습니다."

"매니지먼트와 상의를 해봐야겠지만 긍정적으로 검토해 보겠습니다."

"감사합니다."

오랜만에 연구열이 불타오르게 만드는 신체를 만나게 되었다.

하지만 지금은 일단 영웅의 체력을 회복시켜 주는 게 우선이었다.

삼 일 뒤.

인디언스는 홈으로 돌아왔다.

뉴욕에 있는 동안 가드만 박사에게 몸을 맡겼던 영웅은 체력이 많이 회복된 걸 느꼈다.

"엄마!"

"응?"

"이거 제가 아는 박사님이 주신 식단표인데. 혹시 이렇게 해주실 수 있으세요?"

영웅이 건네는 종이를 받은 한혜선이 표를 유심히 살폈다.

식단표는 매우 자세히 적혀 있었다.

하루에 섭취해야 될 영양분과 함께 영양분이 들어 있는 음식의 종류가 적혀 있었다.

"해줄 수야 있지. 그런데 이렇게나 많이 먹어야 된대?"

식단표에 적힌 음식들의 칼로리를 모두 합치면 하루 섭취 칼로리가 1만에 달했다.

"저는 그렇게 먹는 게 좋다네요."

선수들에 따라 필요한 칼로리는 모두 다르다.

또한 영양 성분 역시 마찬가지다.

그간 영웅이 먹어왔던 식단도 나쁜 편은 아니었다.

하지만 한식 위주로 먹어왔기 때문에 치우친 영양이 조금씩 있었다.

가드만 박사는 그런 부분을 수정하고 충분한 에너지 비축을 할 수 있는 식단을 만들었다.

단기간의 효과는 없겠지만 장기간으로 봤을 때 분명 큰 도움이 될 식단이었다.

"알았어. 그럼 오늘부터 준비해줄게."

"감사합니다~"

최고의 위치에 있는 영웅이지만 그는 만족하지 않았다.

그리고 변화를 두려워하지 않았다. 언제든지 변할 준비를 했고 받아들일 유연성도 가지고 있었다.

목적은 하나였다. 바로 꿈의 그라운드에 들어가기 위해서였다.

'더 강해져야 된다.'

영웅은 더 높은 곳을 바라보고 있었다.

따악-!

[잘 맞은 타구가 좌중간을 가릅니다!! 2루 주자가 홈으로 들어옵니다! 강영웅 선수 62이닝 만에 첫 실점을 하게 됩니다.]

[아쉽습니다. 하지만 정말 대단한 업적을 세운 강영웅 선수입니다.]

홈경기에서 영웅은 62이닝 만에 실점을 했다.

개막 이후 첫 실점이었다. 하지만 영웅은 흔들리지 않았다. 이미 기록 달성을 한 상황. 큰 충격은 없었다.

'오늘 경기를 이기자.'

그 마음으로 영웅은 전력투구를 이어갔다.

그래서일까? 더 이상의 추가 실점 없이 마운드를 내려올 수 있었다.

뻐억-!

"스트라이크!! 배터 아웃!"

[또 하나의 삼진을 추가하면서 7회는 실점을 하나 기록하면서 막아냅니다!!]

[투구 수로 봐서는 이번 이닝이 마지막으로 보입니다. 마무리를 아주 잘해냈어요.]

해설 위원의 말대로였다.

8회, 인디언스의 마운드에는 잭슨이 올라왔다. 작년에 이어 셋업맨으로서 완벽한 모습을 보여주고 있었다. 이상적인 투수 기용이었다.

선발 투수가 7회까지 막아주고 8회에는 셋업맨, 그리고 9회에는 클로저가 마운드에 올랐다.

　선발이었던 영웅만 1실점을 하고 나머지 두 투수는 실점을 하지 않았다.

　스코어는 2 대 1.

　시즌 9승을 올리며 영웅은 무실점 행진을 마감했다.

　[뻐억-!]

　[스트라이크!! 배터 아웃!]

　[4회 말! 삼자범퇴로 이닝을 마감합니다!!]

　[강영웅 선수의 슬라이더는 명품입니다! 명품! 정말 완벽해요!]

　TV에서 쏟아지는 찬사에 중년 남자가 미소를 지었다.

　"대단하구만."

　"이번 대표팀에 반드시 필요한 친구입니다."

　남자들의 정체는 한국 대표팀 위원회였다.

　제일 처음 입을 열었던 남자가 대한민국 대표팀 감독을 맡고 있는 김인수였다.

　그는 도쿄 올림픽, 4, 5회 월드 베이스 볼 클래식의 감독을 연임하며 한국 대표팀 전문 감독으로 불리었다.

　올해 있을 항저우 아시안게임의 야구 대표팀 감독 역시 그가 맡기로 결정이 됐다.

"작년에도 안 보내줬는데. 올해라고 보내주겠어?"

"만약 올해에도 보내주지 않는다면 내년 프리미어 12에는 참가할 수 있게끔 협상을 할 계획입니다."

"음."

아시안게임은 시즌 도중 열린다.

하지만 프리미어 12는 내년 시즌이 끝난 직후에 열리기 때문에 가능성이 더 높았다.

"두 대회를 모두 참가시키는 건 어렵겠지?"

"힘들 것으로 보입니다. 특히 올해는 인디언스가 우승에 도전을 하기 때문에 더더욱 말이죠."

현재 클리블랜드 인디언스는 아메리칸리그 승률 전체 1위에 올라 있었다.

그 중심에 있는 건 단연 영웅이었다. 현지 언론에서는 지금의 성적만 지킨다면 대권에 도전할 수 있을 거란 평가가 나오고 있었다.

대권이란 당연히 월드시리즈 우승이다.

16시즌 월드시리즈에서 우승컵을 거의 손에 넣었다가 컵스에게 내주었던 뼈아픈 추억이 있던 인디언스다.

대체 불가능한 영웅을 시즌 도중 대표팀에 내주는 선택을 할 리 없었다.

"쩝, 아쉽구만."

대표팀을 꾸려야 되는 감독 입장에선 아쉬울 뿐이었다.

안 될 일에 군이 미련을 가질 필요는 없었다. 차선책을 택하면 될 일이었다.

"어떻게든 내년 프리미어에는 보내주겠다는 확답을 받아오도록 해."

"알겠습니다."

조만간 기술 위원이 미국에 건너간다. 표면적으로는 올해 있는 아시안게임에 참가할 메이저리그, 마이너리그 선수들의 의중을 묻기 위함이다.

이면에는 내년 프리미어 12의 의중을 묻는 것도 있었다.

'WBC에서 투수가 모자라서 4강에서 탈락했다. 이번에는 그런 일이 있어선 안 돼.'

작년.

한국은 월드 베이스 볼 클래식에서 3위에 만족해야 했다.

올림픽 금메달이라는 성적에 눈이 높아진 국민들의 기대치를 채울 수 없었던 것이다.

대표팀 입장에선 내년에 있을 프리미어 12가 걱정될 따름이었다.

6월 초.

영웅은 여전히 페이스가 떨어지지 않은 채 활약을 이어갔다.

무실점 행진이 깨진 이후, 많은 관계자는 그의 성적이 떨어질 수도 있다는 의견을 내놓았다.

그 이면에는 번아웃 증후군이 있었다.

간단히 설명하면 목적을 위해 의욕적으로 일하던 사람들

이 갑자기 무기력증에 빠지거나 의욕을 잃는 걸 말한다.

슬럼프의 일종이기도 했다.

프로 선수들은 이런 번아웃 증후군에 자주 사로잡히기도 한다.

특히 역사에 남을 기록에 도전하던 선수들이 목표를 이루고 슬럼프에 빠지는 일은 역사가 증명하고 있었다.

하지만 영웅은 단단했다.

그러자 언론에서는 그의 목표가 개인 성적이 아니라 팀 성적이라는 의견을 내놓았다. 다른 목표가 있기 때문에 슬럼프에 빠지지 않았다는 것이다.

틀리진 않았다. 다만 목표가 달랐다는 게 틀렸다.

영웅의 최종 목표는 꿈의 그라운드에 돌아가는 것이다. 그곳에 가기 위해서는 역사에 자신의 이름을 남겨야 된다. 영웅이 이루는 모든 작업은 그것을 위해서였다.

그러기 위해 그는 오늘도 공을 던졌다.

"흡-!"

쐐애애액-!

뻐억-!

"스트라이크!! 배터 아웃!!"

[오늘 경기 14번째 탈삼진을 기록하며 8이닝 2실점을 하며 마운드에서 내려옵니다!]

[오늘 경기에서 승리를 올리면 시즌 11승을 달성하게 되는데요. 이 페이스라면 올 시즌 20승은 물론 그 이상도 노려볼 수 있을 거 같습니다.]

더그아웃으로 돌아온 영웅에게 밀러 감독이 다가왔다.

"다음 이닝은 어떻게 하겠나?"

밀러 감독은 영웅을 대하는 태도에 많은 변화를 일으켰다.

최다 탈삼진 기록을 세울 당시, 그는 영웅에 대한 불만을 가지고 있었다. 어린 선수가 자신의 뜻대로 컨트롤이 되지 않았기 때문이다.

문제는 그 일이 구단주의 귀에 들어갔다.

그리고 밀러 감독은 경고를 받았다.

이후 두 번 다시 영웅을 대하는 태도가 무례했던 적은 없었다.

"오늘은 이만 던지고 싶습니다."

"알겠네."

투구 수가 108구가 됐다.

퍼펙트나 노히트노런을 기록 중도 아니었다. 다른 기록도 의미가 없었기에 굳이 더 던질 이유가 없었다.

완투는 더 이상 투수에게 의미 있는 기록은 아니었다.

물론 은퇴 이후 최다 이닝을 던졌다는 타이틀이나 커리어 최다 탈삼진 기록도 염두에 두고 있었다.

하지만 그런 것들은 지금 생각할 이유가 없었다.

8회 말.

인디언스는 다시 한번 점수를 냈다.

그 중심에는 1루수로 최근 기용되고 있는 박형수가 있었다.

본래 1루수는 알론조의 것이었다.

하지만 그가 부진한 사이 박형수의 타격 사이클이 올라왔다.

밀러 감독은 과감히 박형수를 기용했다.

기대에 응하는 활약을 한 박형수는 6월 들어 주전 1루수로 경기에 나서기 시작했다.

두 한국인 선수의 활약에 인디언스는 한국에서 인기가 하늘을 찌를 듯 높아졌다.

과거 LA 다저스가 국민 구단으로 불리었다면 최근에는 인디언스가 그 역할을 대신하고 있었다.

그 사실은 인디언스 구단 역시 잘 알고 있었다.

"오늘도 강 앤 박의 조합이 승리의 키가 되는군."

자신의 사무실에서 경기를 보던 레이널드 단장이 미소를 지었다.

"두 사람의 활약은 한국인들을 불러 모으는 역할을 하지."

영웅의 활약만으로도 많은 한국인이 클리블랜드를 찾았다.

그런데 박형수까지 가세를 했다. 그로 인해 6월은 그 어느 때보다 높은 한국인 관광객들의 방문이 기대됐다.

구단의 수익 역시 마찬가지였다. 인디언스는 각국에 자신들의 상품을 판매했다.

매출로 봤을 때 1위는 단연 미국이었고, 2위는 일본이었다. 하지만 최근에는 2위가 한국이었다.

메이저리그 구단들은 그 자체가 기업이라 볼 수 있었다. 구단주의 지원도 분명 필요하지만 자체적으로 구단을 꾸려 나갈 수 있는 자생 능력도 필요했다.

그런 점에서 봤을 때 한국에서의 매출은 구단에 큰 도움이
됐다.

그렇기에 한국인 팬들을 위한 이벤트를 준비 중이었다.

"흠, LA 다저스를 벤치마킹하는 게 좋겠군."

LA 다저스는 한국에게 있어서는 특별한 구단이다.

최초의 한국인을 영입한 구단이고 이후에도 다수의 한국
선수들을 영입하면서 한국에 친근한 이미지를 전달해 왔다.

또한 다양한 이벤트를 연 전력도 있었다.

레이널드 단장은 그중에 하나의 이벤트를 벤치마킹할 계
획이었다.

[클리블랜드 코리언 데이]

2022년 7월 1일.

인디언스 구단은 그날을 코리언 데이로 잡았다.

당일 강영웅과 박형수의 버블헤드 인형을 비롯해, 다양한
한국적 이벤트를 준비 중이었다.

클리블랜드시 역시 협조를 하기로 했다.

최근 한국인 관광객이 급증하면서 도시 전체에 한인 식당
도 많이 늘어나고 있는 실정이었다.

그들의 입장에선 돈이 되는 이벤트를 놓칠 이유가 없었다.

영웅도 그 사실을 알고는 기대를 가졌다. 한국인 팬이 찾

아오면 큰 힘이 되는 게 사실이었다.

그건 박형수도 동의했다.

"설마 타국에서 이렇게 많은 한국인 팬이 응원해줄 줄은 꿈에도 몰랐다니까."

"저도 마찬가지예요. 전 한국에서 뛰지 못했었으니까 거의 기대를 하지 않았거든요."

"구단에서 코리언 데이를 열 정도라는 거 보면 정말 클리블랜드에도 한국인이 많아졌나 보다."

두 사람이 식당 안을 둘러봤다. 많은 한국인이 자리에 앉아 두 사람을 바라보고 있었다.

"참, 이번에 연예인도 초청한다고 하던데. 누구인지 이야기 들었냐?"

"아직 정해지지는 않았다고 하던데요."

"하긴 일정도 촉박하니까. 정하긴 꽤 어렵겠지."

구단 측에서는 인지도가 있는 연예인을 원했다. 화제성을 높이기 위해서다.

문제는 그런 연예인들을 섭외하기 위해선 일찌감치 섭외를 해야 된다는 점이다. 연예인들의 스케줄은 매우 촘촘하기 때문이다.

고작 20일가량 남은 시점에서 그런 연예인을 섭외하기란 쉽지 않았다.

[널 사랑하는 마음만큼~!]

그때 영웅의 스마트폰이 울렸다.

번호를 확인한 영웅이 자리에서 일어났다.

"잠깐 전화 좀 받고 올게요."

"오냐."

영웅은 사람들을 피해 화장실에 들어갔다. 다행히 사람이 없었다.

"여보세요?"

―오빠! 저예요!

전화를 걸어온 상대는 예린이었다.

그녀의 신분이 신분이니만큼 사람들이 있는 곳에서 함부로 통화를 하는 건 어려웠다.

"응, 이 시간에 웬일이야? 한국은 지금 밤이잖아."

―이제 막 지방 공연 끝났어요!

"이 시간까지 일했어? 힘들겠다."

―헤헤! 참, 오빠. 그 소식 들었어요?

"응?"

―저 이번에 클리블랜드 가요!!

"여기를?"

―네! 인디언스 구단에서 애국가를 불러달라는 의뢰가 들어왔어요. 원래는 그룹 전체가 와달라고 했는데 스케줄이 맞지 않아서 저만 가기로 했어요!

예상치 못한 일이었다.

하지만 조금만 생각하면 이해 못 할 일도 아니었다.

예린이 속한 걸스는 한국에선 이미 톱클래스급의 아이돌 그룹이었다. 일본과 중국에서는 높은 인기를 누렸고 미국에서도 공연을 할 정도로 인지도가 높은 그룹이었다.

그런 그룹이 와서 애국가를 부른다면 분명 큰 홍보를 할 수 있을 것이다.

그 뒤로도 이런저런 이야기를 나누었다. 클리블랜드는 어떤 곳인지부터 해서 맛있는 곳이 어디냐 등등 일상적인 대화들이었다.

─어? 그런데 오빠 목소리가 계속 울리네요. 혹시…….

"아, 식당에 왔는데 사람이 많아서. 잠깐 화장실로 대피했어."

─앗! 전 그것도 모르고……. 죄송해요!!

"아니야, 괜찮아."

─아니에요! 정말 죄송해요! 그럼 어서 끊을게요!!

"그래, 그럼 톡할게."

─네!

전화를 끊은 영웅은 잠시 생각을 정리했다.

예린이 온다는 사실에 그녀를 데리고 가고 싶은 장소들이 머리에 떠올랐다.

'그런데 갈 수 있을까?'

문득 그런 생각이 들었다. 자신이나 예린이나 모두 유명인이다. 게다가 클리블랜드에는 한국인 관광객이 정말 많아졌다.

유명 관광지에 가게 되면 분명 들킬 거다. 분장을 해도 마찬가지다.

"쩝…….'

답이 떠오르지 않는 문제를 안은 채 영웅이 자리로 돌아갔다.

[클리블랜드 인디언스 구단이 코리언 데이를 개최하기로 결정했습니다. 이날 구장을 찾은 모든 관람객에게 강영웅 선수와 박형수 선수의 버블헤드 인형을 증정합니다. 또한 두 선수를 포함한 선수단의 사인회과 포토 타임을 가질 수 있고 경기 전 시구자로 걸그룹 걸스의 멤버 예린 양이 나선다고 밝혔습니다.]

뉴스가 나왔다.

시구자부터 행사까지.

정말 한국인들을 위한 행사였다.

화제성은 충분했다.

실제로 여행사를 통해 비행기 날짜를 바꾸는 일들이 발생했다.

호텔 역시 마찬가지였다.

많은 관심이 집중되자 방송국들도 나섰다.

영웅은 한국만이 아니라 월드클래스급의 선수였다.

그와 관련된 이벤트는 사라들의 흥미를 집중시킬 수 있었다.

과거 영웅과 관련된 이벤트를 진행했던 이상우 PD는 상부와 회의를 거듭했다.

그 결과 특별 프로그램 편성을 받을 수 있었다. 클리블랜드의 코리언 데이를 집중조명 하는 프로그램이었다.

인디언스 구단에도 연락을 취했다.

[구단 차원에서 적극적으로 협조를 하겠습니다.]

당연하다면 당연한 반응이었다.

코리언 데이 행사가 한국에 인디언스 구단을 더 알리기 위함이었다. 한국 방송에서 그 행사를 자세히 다뤄준다니 쌍수를 들고 환영할 일이었다.

구단의 협조도 구한 이상우 PD는 최고의 중계진을 꾸렸다. 클리블랜드에서 현지 중계까지 하기로 결정했기 때문이다.

'인터뷰는 은하를 데려가면 되겠군.'

과거 영웅을 인터뷰한 적이 있던 은하가 제격이란 생각이 들었다.

그게 아니더라도 현재 한국 야구계에서 가장 인기가 높은 아나운서가 바로 유은하였다. 이상우 PD의 입장에선 당연한 선택이었다.

시즌 11승을 거둔 영웅의 승수가 멈췄다.

컨디션이 떨어져서가 아니었다.

그저 운이 없어서였다.

매 경기 퀄리티 스타트 플러스를 기록한 영웅이다.

그의 탓을 할 수 없었다.

승리를 챙기기 위해 영웅은 6월 마지막 등판에 나섰다.

상대는 미네소타 트윈스였다. 중부 지구 최하위를 지키고 있는 트윈스. 승리를 챙길 수 있을 거란 기대감이 있었다.

[6회 말, 원 아웃을 잡은 강영웅 선수, 단 2개의 단타만 허용하며 트윈스 타선을 잘 막아내고 있습니다.]

뻐억—!

"스트라이크!!"

[3구, 존을 통과합니다. 볼카운트 원 볼 투 스트라이크!]

[11승 이후 승리를 올리지 못하고 있지만 구위나 제구에는 문제가 없습니다. 단지 운이 좋지 않아서일 뿐이에요.]

[시즌 초반 엄청난 페이스로 승리를 수집했던 강영웅 선수이기에 다소 아쉽지 않습니까?]

[그렇습니다. 충분히 전반기 15승 이상을 올릴 거라 생각했는데 말이죠.]

뻐억—!

"스트라이크!! 배터 아웃!"

[스플리터가 기가 막히게 떨어집니다! 타자 헛스윙 삼진으로 물러납니다. 투 아웃!]

[음, 이렇게 좋은 투구를 하는데 말이죠. 점수 지원이 없다니 아쉽습니다.]

스코어판에는 0 대 0이라 적혀 있었다.

즉, 인디언스 타선은 트윈스에게서 점수를 빼앗지 못했다.

불협화음 때문이었다. 최근 인디언스는 팀 배팅이 잘 이루어지지 않았다.

특히 중심 타자들이 문제였다. 처음 시작은 알론조에게 있었다. 슬럼프가 찾아온 알론조의 스윙은 점점 커져 갔다.

슬럼프를 탈출하기 위해서는 한 방이 필요하다는 판단을 했기 때문이다.

하지만 좀처럼 탈출하지 못했다. 문제는 그의 스윙이 커지자 뒤에 있던 5번 타자 하파엘도 영향을 받기 시작했다.

앞서 알론조가 해결을 못하자 스스로 해결을 해야 된다는 생각을 했기 때문이었다.

점점 타점 생산률이 떨어졌다.

그러자 이번에는 3번이었던 페르나의 스윙이 커지기 시작했다.

악순환도 이런 악순환이 없었다.

밀러 감독이 손을 썼을 때는 이미 늦었다.

알론조가 빠졌지만 앞뒤의 선수들이 슬럼프에 빠지면서 타점 생산률이 극도로 떨어진 것이다.

그나마 다행인 건 박형수가 잘해주고 있다는 점이었다.

9번 타순으로 시작했던 박형수는 점점 성적이 오르면서 타순도 같이 올랐다.

그리고 지금은 6번 타순까지 올랐다.

오늘 경기에서도 파렐과 함께 멀티히트를 기록했다.

하지만 점수로는 연결되지 못했다.

앞에서 공격이 끊어지기 때문에 그의 타순까지 주자가 이어지지 않았다.

다행인 건 어떻게든 이겨 나가고 있다는 점이었다.

현재 인디언스는 62경기를 치렀다.

그중에서 승리한 경기가 40승이고 22패를 기록하고 있었다.

매우 높은 수치였다. 문제는 언제까지 행운이 계속될 거란 생각이 들지 않았다.

'타선에 직접적인 변화를 줘야겠어.'

밀러 감독은 나름대로 해결 방안을 준비 중이었다.

바로 타선의 변화였다.

클리블랜드에서 코리언 데이를 준비 중일 때.

미국 전역에선 축제라 할 수 있는 올스타전의 투표가 한창이었다.

박형수는 아쉽게도 후보에 들지 못했다. 그의 활약이 아직 두드러지지 않았기 때문이다.

하지만 영웅은 현지 언론에서 올스타전에 포함될 것이란 전망을 내놓았다.

타자와 달리 투수는 팬의 투표가 아닌 감독의 추천으로 들어간다. 인기도 높고 성적도 좋은 영웅이 빠질 가능성은 제로에 가까웠다.

코리언 데이를 앞둔 마지막 등판이 이어졌다.

영웅은 거기서도 승리를 올리지 못했다.

성적은 7이닝 1실점 11탈삼진.

여전히 강력한 구위였지만 좀처럼 공격의 루트가 풀리지 않았다.

거기에 팀은 패배.

좋은 이미지로 가려던 계획이 수포로 돌아갔다.

타선의 침체는 영웅의 입장으로써도 어쩔 수 없는 일이었다.

"아으~ 정말 안 맞는다. 안 맞아!"

경기 후.

영웅은 박형수와 인근의 한식당을 찾았다.

식당이 꽤 커서 룸이 많아 사람들의 눈치를 보지 않고 식사나 대화를 할 수 있었다.

오늘 박형수는 경기에서 4타석 3타수 1볼넷을 기록했다.

4경기 연속 이어 오던 멀티히트 행진이 깨졌다.

"갑자기 4번으로 타순이 변경 돼서 그런지 감이 확 떨어졌어."

타선의 변화가 있었다.

특히 박형수는 기존 6번에서 4번으로 상승했다. 당당히 중심 타선에 이름을 올린 것이다.

어찌 보면 당연한 일이었다. 알론조의 부진 이후 박형수는 인디언스에서 가장 잘 치는 타자가 됐다.

같은 기간 타율은 4할 5푼이었는데 이는 조 파렐 다음으로 가장 높은 타율이었다.

홈런은 4개로 팀 내 1위였다.

타점 역시 1위였고 장타율은 2위를 달리고 있었다.

WAR을 보더라도 타자들 중 1위를 달리면서 극강의 타격감을 보여주었다.

한데 오늘 경기에서 번번이 기회를 놓쳤다.

평소라면 보기 힘든 모습이었다.

"쩝, 역시 4번 타자의 중압감은 무거워."

박형수의 말에 영웅이 의아한 목소리로 물었다.

"4번 타자의 중압감이요?"

"응, 4번 타자는 특별하잖냐. 그래서 그런지 묘하게 중압감을 느끼게 하거든."

"하지만 메이저리그에서는 3번 타자를 더 중요하게 보잖아요."

"어?"

깜박 잊고 있었다. 한국과 일본, 그리고 미국은 야구 문화가 다르다. 그중에서도 타순의 중요성은 같은 야구가 맞나 싶을 정도로 달랐다.

한국과 일본은 4번 타자가 타순에서 가장 중요했다.

특히 일본에서 4번 타자라고 한다면 팀을 대표하는 강타자라는 이미지가 있었다.

실제로도 가장 높은 연봉을 받는 선수가 4번 타자를 맡는 게 보편적이었다.

하지만 미국은 달랐다. 세이버매트릭스와 데이터를 우선시한 메이저리그는 3번 타순이 가장 중요하다고 판단을 내렸다. 또한 단순 장타력만이 아니라 정확도가 높고 장타력이 있으면서도 주력이 빠른 타자를 선호했다.

즉, 모든 면에서 가장 뛰어난 선수를 3번에 기용한다.

이 사실은 박형수도 알고는 있었다.

하지만 잊고 있었다.

"그러고 보니 그렇지."

곰곰이 생각에 잠긴 박형수의 입가에 미소가 그려졌다.

쓸데없는 것으로 고민하던 자신이 바보처럼 느껴진 것이다.

"짜식! 고맙다."

"네?"

"오늘 형님이 쏜다! 사장님! 여기 특갈비로 부탁합니다!!"

여전히 분위기파인 박형수였다.

다음 날부터 박형수는 원래의 페이스를 찾았다.

별다른 부담감을 느끼지 않으면서 자신의 스윙을 가져갔다.

그러자 인디언스가 점수를 내기 시작했다.

1번인 파렐이 출루를 하면 2번, 3번이 해결을 못해도 박형수까지 기회가 찾아왔다.

그는 그 기회를 놓치지 않았다.

따악-!

[쳤습니다! 좌중간에 떨어지는 안타입니다! 1루 주자 파렐 선수 일찌감치 2루를 돌았습니다! 3루 베이스도 통과해 홈으로 파고듭니다!!]

쵸아앗-!

슬라이딩을 하며 포수의 태그를 피한 파렐이 홈플레이트를 터치했다.

"세이프!!"

[세잎입니다! 다시 1점을 추가하는 인디언스! 박형수 선수
는 오늘 경기 3타점 경기를 기록합니다!!]

박형수의 활약은 밀러 감독의 고민을 해결해 주었다.

또한 페르나의 슬럼프도 조금씩 풀리는 계기를 마련했다.

변화는 하이 리스크가 분명히 있었다.

하지만 성공한다면 큰 이득을 가져다주게 된다.

밀러 감독의 승부수는 정확히 먹혔다.

코리언 데이 하루 전.

클리블랜드에 예린이 도착했다.

나중에 안 사실이지만 걸스는 이틀 뒤에 뉴욕에서 공연이
있을 예정이었다.

즉, 코리언 데이가 끝난 후 예린은 곧장 뉴욕으로 돌아가
기로 되어 있었다.

클리블랜드에 도착한 예린은 곧장 프로그레시브 필드를
찾았다. 내일 있을 행사에 대한 리허설과 시구를 위한 연습
을 위해서였다.

'오랜만에 오빠를 만나게 됐어.'

행사에 대한 기대도 있었지만 예린의 마음속에는 영웅을
본다는 기쁨이 더 컸다.

그녀는 떨리는 마음을 안은 채 구장에 도착했다.

"자, 들어가자."

"네!"

매니저의 말에 그녀가 차에서 내렸다.

미리 나온 구단 직원의 안내를 받으며 안으로 들어갔다.

구장의 구경을 끝내고 리허설을 시작했다. 일정이 타이트하다 보니 꽤나 바쁘게 진행이 됐다.

'영웅 오빠는 어디에 있을까?'

현재 구장에 있다는 건 알고 있었다. 오는 길에 메신저를 했기 때문이다. 구장에 도착한 뒤에는 스마트폰을 볼 시간이 없어 연락을 하지 못하고 있었다.

"예린아!"

"네?"

"집중해서 다시 한번 가자."

매니저가 주의를 주면서 손가락으로 한쪽을 가리켰다.

거기에는 카메라가 있었다.

한쪽 면에 부착된 스티커에는 방송국 이름이 적혀 있었는데 한국의 방송국이었다.

'아, 이번 행사에 한국 방송국이 촬영을 한다고 했지.'

리허설 시작 전, 촬영을 한다는 이야긴 들었지만 영웅을 생각하느라 깜박했다.

'프로답지 않게 뭐하는 거야?! 정신 차리자!'

"죄송합니다! 다시 한번 할게요!!"

예린이 사과를 하고 리허설에 집중했다.

이전보다 확실히 진지하게 임하는 모습에 카메라맨이 말

했다.

"나이도 어린데 대단하네."

그 말에 옆에서 지켜보던 유은하가 고개를 끄덕였다.

"요즘 아이돌들도 프로 의식이 대단하다고는 들었는데. 정말 그렇네요."

"좋은 그림이 잡히겠는데? 참, 이거 끝나고 시구 연습을 하는 장면도 찍으라고 하더군."

"그래요?"

"응, 인터뷰도 넣을 생각이야. 김 작가한테 가서 대본을 미리 받아둬."

"네, 알겠어요."

유은하는 다시 한번 예린을 바라보고는 곧 자리를 옮겼다. 맑은 목소리로 울려 퍼지는 애국가가 듣기 좋았다.

실내 불펜 연습장.

평소라면 선수들만 있을 이곳에 카메라와 중계 팀이 들어 왔다.

그것도 미국이 아닌 한국의 방송 팀이었다.

특별 프로그램의 촬영을 위해서다.

구단에서도 전폭적인 지원을 아끼지 않았다.

코리언 데이를 홍보하기 위해서다.

특별 프로그램의 제목도 '인디언스 코리언 데이'라는 제목으로 나갈 예정이었다.

영웅과 박형수 두 사람도 일찌감치 인터뷰를 했다.

오늘은 예린의 시구 연습을 찍을 예정이었다. 프로그램에는 짧게 다뤄질 거지만 그래도 좋은 장면을 찍는 게 좋았다.

원래 박형수는 없어도 될 자리다. 하지만 그림을 위해서는 있는 게 더 좋았다.

타닥-!

그때 발소리가 들려왔다.

곧 입구를 통해 구단 직원과 함께 관계자들이 보였다.

맨 마지막에는 예린이 오고 있었다. 영웅을 발견한 그녀의 얼굴이 환하게 밝아졌다.

하지만 달려들거나 하진 않았다. 카메라를 확인했기 때문이다. 나이는 어리지만 그녀 역시 프로다. 카메라와 사람들이 있는 자리에서 자신의 감정을 그대로 드러내진 않았다.

"안녕하세요?! 걸스의 예린입니다! 오늘 잘 부탁드립니다!"

활기차게 인사하는 그녀의 모습에 남자들이 미소를 머금었다.

'역시 귀여워.'

'큭! 걸스의 예린을 클리블랜드에서 보게 될 줄이야!!'

한국에서 걸스의 인기는 대단했다.

신곡을 발표하면 모든 음원 사이트와 음악 방송에서 1위를 휩쓸었다.

그녀들을 모델로 제작된 VR 게임 타이틀은 일본에서 매우 높은 판매고를 기록, 걸스를 모델로 한 여러 엔터테인먼트

장르의 파생으로 이어졌다.

그런 걸스의 인기는 특정 연령대의 사랑만 있어서는 힘들었다. 전 연령대의 폭넓은 사랑이 있기에 가능한 일이었다.

거기에 맞는 책임감을 예린은 가지고 있었다. 어디를 가더라도 행동에 조심을 했다. 나이에 어울리지 않는 성숙한 모습이 나오는 이유였다.

'으흠~ 예상보다 착하네.'

인터뷰를 진행한 유은하는 의외라는 생각이 들었다.

톱스타라는 생각이 전혀 들지 않았다.

아나운서라고는 해도 아이돌들과의 접전은 거의 없는 그녀였다.

1년에 한두 번 볼 정도였다.

그들 중에는 예의가 없는 아이들도 있었다. 대수롭지 않게 생각했다. 어리니까, 때로는 어차피 안 볼 아이니까라는 생각에 가볍게 넘겼다.

하지만 예린은 달랐다. 살갑게 다가오는 그녀의 모습에 정감이 갔다.

"자, 그럼 훈련하는 장면을 찍을게요."

PD의 지휘 아래 훈련이 시작됐다. 영웅이 옆에 붙어 그녀의 훈련을 도왔다.

"일단 공 던지는 거부터 볼게요."

영웅도 눈치가 있기에 존댓말을 했다. 박형수가 미트를 차고 반대편에 가서 섰다.

"가볍게 캐치볼을 한다는 마음으로 던지면 돼요."

"네!"

글러브를 착용한 예린이 이리저리 공을 만졌다.

사람들의 시선에 기대감이 어렸다.

그들 모두 야구계에서 일어나는 일들은 잘 알고 있었다.

그렇기에 과거 예린이 했던 시구를 기억했다. 많은 여자 연예인이 시구에 나섰고 그들 중에는 준프로급의 공을 던진 연예인들도 있었다.

하지만 대다수의 연예인이 제대로 된 공을 던지지 못한다.

당연한 일이었다. 분야가 다르니 말이다. 그렇지만 사람들이 연예인들의 제대로 된 시구에 열광하는 이유는 그들의 노력을 알기 때문이다.

예린의 시구가 화제가 됐었던 이유이기도 했다.

쐐애액-!

파앙-!

거의 수직에 가까운 궤적을 그리며 날아간 공이 미트에 꽂혔다.

제구는 다소 흔들렸지만 속도는 빨랐다.

"오오!"

"저번 시구보다 더 빨라진 거 같지 않아?"

"은하 씨, 한번 물어봐."

"아, 네."

놀랐던 은하가 정신을 차리고 질문을 했다.

"예린 씨, 시구 때보다 공이 더 빨라진 거 아닌가요?"

"헤헤! 그 뒤로도 시간이 나면 조금씩 연습했거든요! 그랬더니 이렇게 됐어요."

영웅도 몰랐던 사실이다.

어째서 그런 연습을 했는지 짐작이 가기에 그녀가 예뻐 보였다.

파앙―!

파앙―!

캐치볼이 이어졌다. 예린의 공은 점점 빨라졌고 제구도 날카로워졌다.

어깨가 풀린 것이다.

"자, 그럼 본격적으로 해볼게요."

신호를 주자 박형수가 자리에 앉았다. 포수로서 자리를 잡자 예린도 간이 마운드에 섰다. 간이 마운드이기는 하지만 충분히 마운드의 역할을 하는 곳이었다.

"아! 오빠! 제 야구화 좀 주세요."

"야구화?"

"여기……."

오빠라는 말에 반사적으로 영웅이 대답을 했다.

그때 야구화를 건네는 매니저의 모습에 영웅이 아차 싶었다. 그의 눈이 빠르게 사람들을 확인했다. 다행히 이상하게 보는 이들은 없었다.

하지만 그가 미처 확인하지 못한 사람이 있었다.

유은하였다.

'오빠라는 말에 반응을 했어? 뭔가 이상한데?'

지금은 일하는 중이기에 깊게 생각하진 않았다.

예린이 와인드업을 하기도 했고 말이다.

요가가 발레를 해서 그런지 동작이 부드러웠다.

또한 균형 감각이 좋았다. 한 가지 확실한 건 남자와는 전혀 다른 와인드업이었다.

그녀가 다리를 내디뎠다. 길게 뻗은 다리가 마운드 위를 디뎠다. 팔이 부드럽게 돌아갔다. 마치 발레의 동작 중 하나를 보는 것처럼 부드러우면서도 우아했다.

손끝으로 공을 채는 모습도 남자와 달랐다. 강력함이나 빠르다는 느낌은 들지 않았다. 매우 부드럽게 손가락이 공을 감싸듯 챘다.

촤아앗-!

뻐억-!

"오~!"

"와……!"

감탄이 절로 나왔다.

구속은 110㎞/h 정도로 판단이 됐다.

하지만 볼 끝이 달랐다.

게다가 발을 내딛는 위치도 일반적보다 더 앞이었다.

마지막으로 구위가 매우 좋았다.

하루 이틀 연습해서 나오는 공이 아니었다.

'이거 장난 아닌데?'

유은하도 감탄을 금치 못했다.

그동안 많은 여자 연예인의 시구를 봐온 그녀다. 그중에는 잘 던진다고 평가받는 연예인도 있었다.

예린도 그런 연예인들 중 하나였는데 그보다 더 발전됐다.

'가능한가?'

바쁜 스케줄을 생각했을 때 선뜻 납득은 되지 않았다.

하지만 눈앞에서 펼쳐지고 있었다. 믿지 않을 수도 없었다.

파앙―!

뻐억―!

공이 연달아 미트에 꽂혔다. 그 모습을 보면서 영웅은 고개를 저었다.

'내가 알려줄 게 전혀 없네.'

오늘 자리는 예린에게 공을 던지는 법을 알려주기 위한 자리다.

이 정도로 잘 던진다면 굳이 알려줄 게 없었다.

하지만 방송은 그렇게 돌아가지 않았다.

"예린 씨, 너무 잘 던지는데? 하지만 그렇게 하면 그림이 나오지 않으니까. 조금 서투른 모습으로 찍을게."

영웅에게는 황당한 제안이었다.

하지만 예린은 금세 고개를 끄덕였다.

"네! 죄송합니다!"

"아니야, 그럼 지금부터 찍을게."

"네!"

그녀는 다시 공을 던지기 시작했다. 어설프게 던지는 모습을 연기하는 게 능숙했다.

프로라는 생각이 절로 들었다.

그날 밤.

영웅은 예린과 같이 식사를 했다.

물론 두 사람만은 아니었다.

사람들의 눈도 있으니 촬영 스태프, 매니저, 박형수도 동행을 했다.

"영웅 씨는 내일 등판인데 컨디션 조절은 괜찮으시겠어요?"

"루틴이 조금 흔들리긴 했지만 최근 페이스가 나쁘지 않아서 괜찮습니다."

투수들은 예민하다.

하지만 모든 선수가 그런 건 아니었다. 성격만큼이나 다양한 게 루틴이었고 선수들의 방식이었다. 영웅은 다양한 선수의 영향을 받았다. 그러다 보니 때로는 루틴을 벗어나는 행동을 해도 컨디션을 잃어버리지 않았다.

최근에는 그 패턴을 알아냈다. 컨디션이 좋을 때는 다소 루틴을 벗어나도 문제가 되진 않았던 것이다.

또한 그는 예린과 함께할 시간도 필요했다. 자주 만날 수 없으니 더더욱 이런 시간이 중요했다.

여러 사람이 같이 있으니 사람들의 시선도 많이 몰리지 않았다.

행복한 시간이었다. 예린은 다소 아쉬워하는 모습이었지만 말이다.

그리고 또 한 명.

유은하는 두 사람의 미묘한 기류를 감지했다.

처음에는 의심이었던 것이 저녁 식사가 진행되면서 곧 확신으로 변했다.

'두 사람 뭔가 있구나.'

이런 의심을 하게 된 건 오늘만의 일이 아니었다.

과거 한국의 한 언론에서 예린과 영웅의 열애설을 보도한 적이 있다. 외국에서 비밀리에 데이트를 즐겼다는 내용이었다.

하지만 당시 다른 사건이 터지면서 유야무야 묻힌 적이 있었다. 소속사나 매니지먼트에서도 인정을 하지 않았고 말이다.

'오늘 직접 보니 사실이었나 보네.'

사귀는 사이라고 단정 지을 순 없다. 그러나 두 사람이 이성 이상의 호감을 가지고 있는 건 분명해 보였다.

그것도 하루 이틀 동안 쌓인 아닌 무언가가 말이다.

"참, 형수 씨."

"네?"

"강성훈 선수 올해 시즌 끝나고 결혼하는 거 알아요?"

"성훈이가요?"

"네, 아직 모르셨어요?"

"애인이 있는 건 알았지만 설마 벌써 할 줄은 몰랐네요."

"하긴 성훈 씨 나이가 좀 어리긴 하죠. 올해 25살이니까요."

강성훈은 고척 히어로즈의 4번 타자다.

3년 전부터 본격적으로 1군에 합류해 5툴 플레이어로 이름을 날렸다.

데뷔 첫해 20홈런 20도루를 기록, 눈도장을 제대로 찍었다.

올 시즌은 30홈런 30도루를 기대하고 있었다. 앞으로 메이저리그 진출 혹은 KBO리그를 대표하는 선수로 자리매김할 거란 평가였다.

"뭐, 운동선수 입장에선 그 나이에 결혼해도 나쁠 건 없죠. 오히려 가정을 일찍 이루는 게 심신으로 안정을 이룰 수 있기 때문에 좋기도 하고요."

박형수의 말들은 이전에 영웅에게 했던 것들이었다.

그는 영웅을 아끼는 사람이었다. 그렇기에 예린에게 경고를 주었다. 운동선수의 부인으로 산다는 게 얼마나 힘든 일인지 말이다.

"많은 연예인이 운동선수와 결혼을 하면 본업을 접는 이유가 있어요. 가정을 위해서 헌신하기 위해서죠."

박형수의 말은 비수가 되어 예린에게 꽂혔다.

그녀는 어리다. 프로답다고는 해도 이제 스무 살이었다. 갓 성인의 이름표를 단 그녀에게 가정의 책임감이란 무거웠다.

그 사실을 여과 없이 알게 되는 밤이었다.

다음 날.

프로그레시브 필드 앞에 행사장이 차려졌다. 영웅과 박형수 그리고 예린의 사인을 받을 수 있는 곳이었다.

많은 사람이 모여 즐거운 시간을 보냈다.

영웅은 웃으면서 모든 사람에게 사인을 해주었다. 거기에 악수나 포옹, 그리고 사진을 찍는 등, 팬서비스를 톡톡히 해주었다.

'외국인한테도 엄청 인기가 많네.'

예린은 그 모습을 유심히 바라봤다.

영웅의 인기를 실감할 수 있었다. 웬만한 연예인보다 더 높은 인기였다.

특히 어린아이들에게는 마치 히어로와 같았다. 실제로 그를 히어로라 부르는 아이들이 있을 정도였다.

'만약 결혼을 하게 되면…….'

이제 스무 살, 결혼을 생각할 나이는 아니었다.

하지만 어제 박형수가 했던 이야기 때문일까? 문득 그런 것들이 생각나기 시작했다.

'나는 포기할 수 있을까?'

이제 겨우 정상의 자리에 올랐다. 그녀는 매우 어릴 때부터 아이돌이 되고 싶었다. 무대에서 춤을 추고 노래를 부르는 화려한 스타가 말이다.

그 꿈을 이루는 건 매우 힘들었다. 기나긴 연습생, 그리고 무명의 시간을 보냈다.

3대 소속사 출신도 아니었기에 방송을 잡는 것도 큰 문제였다.

기적적으로 노래가 떴을 때 정말 기뻤다. 지금은 몸이 열

개라도 바쁘지만 즐거웠다. 일을 한다는 거 자체가 말이다.

그런 것들을 포기하고 한 남자의 뒷바라지를 해야 된다는 결정을 할 수 있을까?

"언니!"

그때 자신을 부르는 소리에 정신을 차렸다.

그녀의 앞에 서 있는 한국인 여자아이가 종이를 내밀고 있었다.

"아, 미안해요."

고민은 나중이었다. 지금은 일을 해야 될 때였다.

그녀는 정성스레 사인을 해주는 데 집중했다.

경기 중계가 시작됐다.

애국가를 부르는 예린의 모습이 원 샷으로 잡혔다. 평소 국내 방송에선 국가를 부를 때 그냥 넘어간다.

굳이 미국 국가를 틀어줄 이유가 없기 때문이다.

하지만 오늘은 아니었다. 애국가였고 또 인기 가수인 예린이 부르기에 원 샷으로 잡아주었다.

인터넷에서 반응도 좋았다.

-이야~ 노래 잘 부르네.

-요즘 아이돌들은 다 노래 잘 부른다니까.

-걸스가 대세긴 대세네.

애국가가 끝난 뒤.

글러브를 착용한 그녀가 마운드에 섰다.

-이야~! 또 마운드에서 던지나?

-역시 야구 여신!!

댓글창이 다시 술렁였다.

캐스터나 해설 위원 역시 마찬가지였다.

[이번에도 홈플레이트를 밟고 준비를 하네요.]

[저번 시구에서도 매우 좋은 모습을 보여주었는데요. 오늘 시구도 기대가 됩니다.]

[직전 시구에서 구속이 95㎞/h가 찍혀 사람들을 놀라게 했었죠. 오늘 경기의 시타자는 선발 투수인 강영웅 선수가, 시포에는 4번 타자인 박형수 선수가 나섭니다.]

사인을 교환하는 제스처를 취한 예린이 와인드업을 했다.

바깥쪽에 앉아 있는 박형수를 향해 정확히 공을 뿌렸다.

쐐애액-!

빠악-!

[이번에도 굉장한 공을 던져 주네요. 구속 62마일이 찍혔습니다. 거의 100㎞/h에 가까운 구속이 나오네요.]

[체감 속도는 더 빠를 것으로 보이는데요? 다리를 내딛는 위치나 공을 놓는 릴리스 포인트가 매우 앞이에요. 저 정도면 여자 야구에서 뛰어도 충분하겠어요.]

실제 영웅은 예린의 공을 보고 110㎞/h 정도로 판단을 내렸다가벼운 인사를 뒤로 하고 예린이. 그만큼 볼 끝이 좋았던 것이다.

식전 행사로 분위기는 뜨거워졌다.

영웅이 배트를 볼보이에게 건네고 마운드로 향했다.

자연스레 예린과 겹쳤다. 예린은 조심스레 영웅에게 응원을 보냈다.

"오빠! 힘내요!"

"고마워. 오늘 시구 멋졌어."

"헤헤, 고마워요."

가벼운 인사를 뒤로하고 예린이 그라운드를 나갔다.

기다리고 있던 매니저와 함께 구단에서 마련해 준 자리로 이동했다. 착석을 할 때쯤에 영웅의 연습 투구가 끝나가고 있었다.

"강! 강! 강! 강!"

여기저기서 영웅의 이름을 불렀다. 피켓을 들고 있는 팬도 많았다.

마치 인기 가수의 콘서트장을 방불케 했다.

"이야~ 인기 대단하네."

"미국인들도 정말 좋아하나 보네요."

연예계 관계자들은 놀라는 모습이었다. 미국 시장은 엔터테인먼트 관계자들에게 있어 탐나는 땅이었다.

그만큼 공략하기 어려운 시장이었다. 한데 운동선수가 미국인들에게 이 정도의 인기라니?

부러울 따름이었다.

"플레이볼!"

곧 경기가 시작됐다.

예린이 앉은 자리에선 마운드가 한눈에 보였다. 그녀는 눈을 빛내며 영웅에게 집중했다. 발을 차올리고 상체를 비틀어 공을 뿌리는 것까지.

모든 것을 눈에 담았다.

빠악-!

"스트라이크!!"

[외곽을 날카롭게 찌르는 패스트볼!! 초구 96마일의 빠른 볼로 시작합니다!]

'멋있다.'

실제 영웅의 경기를 보는 건 처음이다. 중계로 볼 때와는 전혀 달랐다.

다이내믹한 투구 동작에서 강한 카리스마가 느껴졌다.

1회.

영웅의 투구는 거침이 없었다. 총 11개의 공을 뿌렸다. 그중에서 9개가 스트라이크존을 통과했다. 남은 2개의 공이 떨어지는 변화구였다.

즉, 투 피치로 메이저리그 1, 2, 3번을 막았다.

[1회, 2개의 탈삼진을 기록하며 삼자범퇴로 깔끔하게 이닝을 막아내는 강영웅 선수입니다.]

[최고 구속이 97마일까지 나오면서 자신의 컨디션이 얼마나 좋은지 잘 보여주고 있습니다.]

[사실 최근 인디언스의 걱정은 타선 아닙니까?]

[그렇습니다. 중심 타선의 고민이 컸습니다. 하지만 박형수 선수가 4번으로 기용되면서 조금씩 물꼬가 트이고 있습니다.]

[오늘 경기에서 기대를 해봐야겠군요. 타석에 조 파렐 선수가 들어섭니다.]

침체기에 빠졌던 인디언스의 타선을 먹여 살렸던 조 파렐.

그가 슬럼프에 빠지지 않았던 건 스타일 때문이다.

한 방을 중시하는 메이저리그와는 정반대의 스타일인 컨택트형이었다.

뛰어난 선구안, 어떤 공이라도 쳐 낼 수 있는 정확도와 빠른 발까지.

1번 타자로는 제격이었다. 체력적인 문제가 여전히 있지만 아직 시즌 초반이다.

따악-!

[간결한 스윙으로 공을 배트에 맞힙니다! 좌익선상에 공이 떨어지지만 좌익수가 기다리고 있습니다.]

[수비 위치가 좋았네요. 만약 공이 펜스까지 빠졌으면 2루, 때로는 3루까지 노려볼 수 있었을 텐데 말이죠.]

파렐의 단점 중 또 하나는 바로 타격 스타일이었다.

공을 끝까지 보고 때린다.

즉, 밀어친 타구가 나올 가능성이 높았다.

그렇기에 외야수들이 좌익선상에 더 가깝게 붙어 수비를 했다.

일종의 시프트였다.

그 이유로 파렐은 1루에 묶여 있어야 했다.

하지만 파렐의 무서운 점은 단타도 2루타로 만들어내는 능력이다.

조금의 빈틈만 생겨도 2루 베이스를 노렸다. 그건 타자인 상황, 주자인 상황을 가리지 않았다.

[파렐 선수가 리드 폭을 꽤 길게 가져갑니다.]

[발도 빠르지만 주루 센스가 매우 좋은 선수입니다. 또한 베이스에 나가면 투수를 괴롭히는 능력이 탁월합니다.]

파렐의 리드 폭이 길어지자 투수가 견제구를 던졌다.

하지만 이미 베이스로 복귀한 뒤에 공이 도착했다. 이후에도 두 번이나 더 견제구가 나왔다.

투수는 모든 정신력을 타자에게 집중했을 때 100퍼센트 또는 그 이상의 공을 던질 수 있다.

반대로 이야기하면 정신이 분산되면 100퍼센트의 공을 던질 수 없게 된다. 특히 발이 빠르거나 주루 플레이가 좋은 선수가 나간다면 실투 비율은 높아진다.

뻐억-!

"볼!!"

[변화구가 크게 벗어납니다!]

[주자를 너무 신경 쓰는 모습이네요.]

[이제 1회이니 타자에 집중하는 게 좋지 않을까요?]

[그게 정석이긴 합니다만 미구엘 선수는 이제 메이저리그 2년 차의 신인입니다. 게다가 올 시즌에는 아직 승리를 올리

지 못하고 있어 조바심을 내고 있다는 소식도 있습니다.]

[확실히 직전 경기에서도 좋지 않은 모습을 보였죠?]

[맞습니다. 3이닝 동안 4개의 볼넷을 내주면서 4실점을 했습니다. 그 이전 경기에서도 5이닝 이상을 던지지 못했어요.]

[평균 구속이 95마일에 육박하는 투수인데 아쉽습니다.]

빠른 공은 분명 강한 무기가 된다. 그렇다고 그게 성공으로 이어지는 건 아니었다.

실제로 마이너리그에는 100마일 이상의 공을 던지는 투수가 수두룩하다. 100마일은 투수들에게 꿈의 구속이라 불린다. 그런 공을 가지고도 마이너리그에 있는 게 이상할 수도 있다.

하지만 제구력이 잡히지 않은 공은 메이저리그에서 통하지 않았다.

뻐억ㅡ!

"볼!"

[5구째 볼이 됩니다. 결국 스트라이크존을 통과한 건 3구째 포심 패스트볼뿐이었네요.]

무사에 주자는 1, 2루. 1회부터 좋은 찬스가 이어졌다. 포수가 타임을 걸고 마운드에 올라갔다. 미구엘을 진정시키기 위해서다.

하지만 쉽게 되지 않을 거라는 걸 알고 있었다.

'미구엘은 원래 제구력이 좋은 투수가 아니다. 흐름을 타기 시작하면 무섭지만 초반에 제구가 잡히지 않으면 더욱 흔들리게 되지.'

디트로이트 타이거즈의 신성으로 평가받던 미구엘. 그의 메이저리그 데뷔는 매우 화려했다. 최고 구속 99마일의 빠른 공은 사람들을 매료시키기 충분했다.

하지만 약점은 금방 노출됐다.

제구력 불안. 초반에 공략을 당하면 급격하게 무너지는 모습을 보인 것이다.

흔히 메이저리그는 정면 승부를 택한다는 이미지가 강하다. 힘 대 힘으로 싸워 이기는 것이 메이저리그라 생각한다.

결론부터 말하면 아니다.

메이저리그는 매우 치밀하게 상대를 분석한다. 자신조차도 모르는 버릇, 약점, 데이터 등을 찾아내 공략을 한다.

또한 그 약점을 파고들기 위해 모든 작전을 동원한다. 파렐이 무사 1루 상황에서 미구엘의 정신을 분산시키는 주루 플레이를 한 것도 마찬가지 이유였다.

그간의 데이터로 봤을 때 미구엘은 주자를 자주 신경 썼다.

특히 도루 성공률이 높은 주자가 나갔을 때는 볼의 비율이 매우 높아졌다. 파렐이 적극적인 리드와 스킵을 한 이유였다.

흔들리고 있다 해도 미구엘을 바로 강판시킬 순 없었다.

선발 투수가 일찍 무너지면 불펜에 과부하가 걸린다.

기본적으로 불펜 투수들은 한 이닝을 전력으로 던져 한이닝을 안정적으로 막는 훈련을 한다.

롱 릴리프라는 보직이 있지만 그들 역시 선발이 아닌 불펜으로서 공을 던진다.

그렇기 때문에 선발보다 더 적은 이닝밖에 던질 수 없다.

감독의 입장에선 시즌 전체를 보면서 경기를 꾸려 나가야 된다.

불펜의 과부하는 독이었다.

바로 죽는 즉독이 아니라 조금씩 팀을 갉아먹는 독이 될 게 분명했다.

그래서 섣불리 선발을 내릴 수 없었다.

어차피 오늘 경기는 반쯤 버릴 각오로 내민 카드였다.

'미구엘은 잘 사용하면 좋은 투수다. 하지만 이대로 계속 간다면 후반기에선 쓸 수 없어.'

즉, 오늘 경기가 미구엘의 마지막 기회였다.

만약 여기서 실패한다면 그는 마이너리그 강등이 될 게 분명했다.

[타석에 페르나 선수가 들어섭니다.]

그리고 페르나는 그 사실을 잘 알고 있었다.

비록 경력이 오래된 베테랑은 아니었지만 메이저리그의 생태를 알기에 충분했다.

구단들은 친절하고 자상하면서도 인간적이다.

충분한 성적을 내고 있을 땐 말이다.

만약 성적이 떨어지거나 대체할 다른 선수가 나타나면 그들은 비정하게 선수를 내친다.

잘못됐다는 건 아니다.

오히려 그게 프로페셔널 했고 당연한 일이었다. 그렇기에 그는 일말의 망설임 없이 초구부터 배트를 돌렸다.

후웅—!

뻐억-!

"스트라이크!!"

"칫……!"

[초구부터 스트라이크를 잡아냅니다!]

[패스트볼을 노린 듯한 스윙이었는데 빗나갔네요. 볼 끝이 그만큼 좋았던 걸로 보입니다.]

'절벽에 서 있다는 건 너도 알고 있나 보군.'

마운드 위의 미구엘에게서 알 수 없는 기운이 느껴졌다.

투기 혹은 살기라고 부를 수도 있는 것이었다.

그의 눈은 더 이상 주자들을 보고 있지 않았다.

'하지만…….'

절박하긴 페르나도 마찬가지였다. 최근 팀에서의 위치가 불안해지고 있었다. 침체기가 오면서 타격에 대한 슬럼프가 찾아왔다.

자연스레 경기 운영에도 영향을 끼쳤다. 짧게 끝난다면 다행이지만 만약 시즌 내내 슬럼프가 이어진다면 문제가 됐다.

'내년에 난 연봉 조정을 해야 된다.'

페르나 역시 내년 시즌부터 연봉 조정 신청이 가능하다. 좋은 연봉을 타내기 위해서는 이번 시즌이 중요할 수밖에 없었다.

메이저리그에서 연봉은 곧 그 선수의 위상을 말해주었다.

특히 페르나는 실질적인 집 안의 가장이었다. 먹여 살려야 될 가족들이 있기에 많은 돈이 필요했다. 서로의 사정이 맞물린 두 선수의 대결은 풀카운트까지 이어졌다.

[끈질기게 볼을 커트하고 있는 페르나 선수입니다. 볼카운트는 투 스트라이크 쓰리 볼. 미구엘 선수는 아웃 카운트를 올리기 위해, 페르나 선수는 살아나가기 위해 집중력을 끌어 올립니다.]

미구엘이 발을 내디뎠다.

[8구! 던집니다!]

긴 팔에서 뿜어져 나온 공이 빠르게 날아왔다.

결정구는 포심 패스트볼이었다.

마치 총알처럼 날아오는 공에 페르나의 배트가 매섭게 돌았다.

따악-!

두 개의 궤적이 하나가 되면서 경쾌한 소리가 울려 퍼졌다.

[때렸습니다! 우중간으로 날아가는 타구가! 우익수와 중견수 가운데에 떨어집니다! 파렐 선수는 3루를 돌아 홈으로 들어옵니다!! 선취 득점을 올리는 인디언스!!]

미구엘이 고개를 떨어뜨렸다.

그의 시선이 전광판을 향했다.

100마일.

자신이 던질 수 있는 최고의 공을 던졌는데도 맞은 것이다.

1회 말 공격은 길었다.

페르나의 타점에 이어 박형수 역시 추가 점수를 올렸다.

타자일순이 된 뒤에야 미구엘은 세 번째 아웃 카운트를 잡아냈다.

디트로이트 타이거즈는 그때까지 투수 교체를 하지 않았다.

경기를 포기했다고 봐도 무방했다. 교체 타이밍을 놓친 것이 패착의 원인이었다.

반면 영웅은 매우 강력한 피칭을 이어갔다. 그를 막기에 타이거즈의 타선은 너무나도 빈약했다.

뻐억-!

"스트라이크!! 배터 아웃!!"

[스탠딩삼진입니다! 5회 마지막 아웃 카운트를 7번째 탈삼진으로 잡아냅니다.]

삼진을 잡아낼 때마다 관중석이 들썩였다.

한국어로 응원이 쏟아졌기에 영웅은 마치 자국에서 시합을 하는 느낌을 받았다.

KBO에서 뛰어보지 못한 영웅이기에 매우 특별한 경험이었다.

"예린아, 이제 슬슬 가야 돼."

영웅의 경기를 보던 예린에게 매니저에게 이야기했다.

그녀의 얼굴에 아쉬움이 나타났다. 실제 경기를 치르는 영웅을 보면서 많은 게 느껴졌다.

또 다른 매력도 보았다.

그 모습을 계속 보고 싶었다. 하지만 예린은 자신을 기다려 주는 팬들을 위해 일어나야 했다.

그녀는 마운드를 내려가는 영웅을 다시 한번 보고는 몸을 돌렸다.

이날.
영웅은 9이닝 1실점 완투를 했다.
탈삼진은 13개를 잡았고 108개의 공을 던졌다.
오랜만에 승리도 추가하며 시즌 12승을 올리게 되었다.

10장
올스타전, 그리고 후반기

올스타전 명단이 발표됐다.

영웅도 최종 명단에 포함이 됐다.

올스타전을 앞둔 마지막 등판에서 영웅은 다시 승리를 올렸다.

시즌 13승째.

올 시즌 올스타전은 작년 월드시리즈 우승 팀인 샌프란시스코 자이언츠의 홈에서 열렸다.

영웅은 하루 일찍 샌프란시스코로 향했다.

이동에는 최성재도 동행했다.

두 사람은 이동하는 내내 대화를 이어갔는데 그 중심은 단연 내년 연봉이었다.

"최근 구단의 고위 관계자들과 꾸준히 이야기를 하고 있습니다."

연봉 조정은 시즌이 끝난 뒤 본격적으로 들어간다.

하지만 이전에 많은 접촉을 통해 이견을 좁혀가는 것도 일반적인 일이었다.

"연봉은 어느 정도 수준이 될 거 같습니까?"

"구단에서 생각하는 건 천만 달러 수준이 될 것으로 보입니다."

영웅의 성적을 생각했을 때 천만 달러는 많은 금액이 아니다.

"물론 이 금액에 계약할 생각은 없습니다. 앞으로 협상을 통해 충분히 높일 생각입니다. 영웅 씨는 앞으로도 지금의 페이스를 지키는 데만 집중하시면 됩니다."

최성재는 더 높은 금액을 생각하고 있었다. 자신의 생각대로 계약을 끌어갈 수 있다면 세상은 또 한 번 놀라게 될 것이다.

"참, 그리고 한국 대표팀의 박태원 위원이 식사를 함께 하자고 요청을 하셨는데. 어떻게 할까요?"

박태원은 안면이 있었다.

해설 위원으로도 활동을 했고 여러 프로그램의 패널로도 참여 중이었다. 무엇보다 대표팀에서 기술위원으로 활동을 했다.

"박태원 위원님이요?"

"예, 장소는 샌프란시스코로 정하셨습니다. 직접 오신 걸 보니 아마도 대표팀 합류에 관한 이야기가 아닐까 합니다."

"올림픽은 무리지 않을까요?"

"예, 이미 의사는 전달해 두었습니다. 아마 내년에 있을 프리미어 12의 참가를 염두에 두고 계신 거 같습니다."

최근 언론에서도 다루고 있기 때문에 영웅도 알고 있었다.

프리미어 12의 초대 우승 팀은 한국이었다. 2회 대회에서는 일본이 우승컵을 다시 가져갔다.

문제는 2회 대회에서 한국은 조기 탈락을 하면서 4강에도 들지 못했다는 것이다. 당시를 기점으로 대표팀의 세대 교체가 이루어졌다.

그런 이유로 언론들 역시 프리미어 12 3회 대회에서 다시 우승컵을 찾아와야 된다 이야기하고 있었다.

"알겠습니다. 그럼 일정을 잡아주시길 바랍니다."

"예."

대략적인 이야기를 끝낸 영웅은 휴식을 취했다.

메이저리그 올스타전 전날에는 퓨처스 게임이 열린다.

마이너리그 올스타전이라고 볼 수 있었다.

이날에는 홈런 레이스도 열리기 때문에 많은 관중이 경기장을 찾는다.

스케줄이 없는 영웅은 이날 박태원 위원과 저녁식사를 함께 했다.

샌프란시스코 인근의 한 고급 식당에서 만난 박태원은 마지막으로 봤을 때보다 흰머리가 더 늘어나 있었다.

최근의 고충을 여실히 보여주는 듯했다.

"자네의 활약을 보면서 한국에서 야구인으로 있다는 게 얼마나 뿌듯한지 몰라."

"감사합니다."

"어디 몸 아픈 곳은 없지?"

"예, 건강하게 잘 던지고 있습니다."

덕담이 오갔다.

식사를 하는 동안에도 본론은 나오지 않았다. 편한 분위기를 만들기 위한 박태원의 노력이 보였다.

그는 야구계의 대선배다. 하지만 말 한마디에도 조심하며 영웅의 기분을 맞춰주었다.

'놀라운 일이군.'

최성재는 놀라움을 금치 못했다.

박태원은 예전부터 자신의 이야기를 직설적으로 하는 선수로 평가받았다. 선수 시절에는 자신을 흥보는 언론을 대놓고 비판하는 등, 당시로서는 파격적인 행보를 보여왔다.

은퇴 이후 지도자 생활, 그리고 해설 위원이 된 뒤에도 성격은 변함이 없었다.

말하는 것은 유해졌지만 모든 이에게 당당했다.

그런 박태원이 수십 년이나 젊은 선수 앞에서 말하는 걸 조심하다니. 직접 보지 않았다면 믿지 못했을 거다.

'그만큼 강영웅이 한국 야구에서 차지하는 비중이 높아졌다는 거지.'

단순 한국 야구만이 아니다. 메이저리그에서도 대체 불가능한 선수가 됐다.

현재까지 WAR로만 놓고 봐도 전체 선수 1위에 올라 있었다.

메이저리그 역사상 가장 긴 전반기 무실점 이닝을 치른 영웅이기에 당연한 부분이었다.

그런 영웅이 대표팀에 합류하고 안 하고의 차이는 매우 크다.

아무리 박태원이 야구계의 어른이라 하더라도 함부로 대할 수가 없었다.

식사가 끝나고 분위기가 무르익자 박태원이 본론을 꺼냈다.

"한국 야구계는 한마음으로 자네가 대표팀에 합류를 해주길 바라고 있네."

"그 부분은 제가 어쩔 수 없는 부분입니다. 일단 구단의 허락이 있어야 가능한 일이니까요."

"그…… 그렇지."

원론적인 대답에 실망한 표정의 박태원이었다.

잠깐이지만 그의 원망 어린 시선이 최성재에게 향했다.

하지만 최성재는 억울했다. 이번 일에 대해 영웅과 대답을 미리 맞추거나 하지 않았다. 에이전트는 조언을 해주는 역할이다. 선수가 선택을 하면 거기에 맞춰 최고의 결과를 만들어내는 조언자.

어제까지만 하더라도 영웅은 결정을 내리지 못했다.

거기에 따른 조언을 할 시간이 없었다.

"구단이 허락한다면 전 최선을 다해 공을 던질 준비가 되어 있습니다."

그리고 영웅은 최고의 대답을 해두었다.

원론에 가까운 이야기.

하지만 진심을 담았기에 박태원 역시 만족할 수 있었다.

"고맙네."

양측 모두 만족스러운 결과를 얻은 채 대화는 끝이 났다.

영웅은 올스타전에 총 2번 출전을 했다.

메이저리그에 데뷔한 첫해와 두 번째 해에 모두 출전해 각각 1이닝씩을 던졌다.

중간 계투로 출전을 한 것이다.

올스타전은 여러 스타가 모이는 자리다.

즉, 축제란 소리다.

축제에 참여한 팬들을 만족시키기 위해서는 많은 선수를 내보내야 했다.

자연스레 선발 투수들도 짧은 이닝을 던졌다.

길어야 1이닝에서 많아도 2이닝을 던지고 마운드에서 내려온다. 하지만 올스타전 선발 투수라는 건 의미가 깊었다.

어떻게 보면 팬들이 가장 먼저 보고 싶은 선수를 세우기 때문이다.

그리고 영웅은 올해 올스타전의 아메리칸리그 선발 투수로 이름을 올렸다.

올스타전은 축제다.

선수, 팬, 코칭스태프, 관계자들.

모든 사람이 즐기는 마음으로 경기에 임한다. 그렇다고 어설픈 플레이가 허용되는 건 아니었다. 올스타전이라는 이름에 걸맞게 최고의 플레이를 보여줄 의무가 있었다.

영웅 역시 그 사실을 잘 알고 있었다.

[강영웅 선수, 올스타전에서도 누구보다 일찍 마운드에 오릅니다.]

[아~ 정말 뿌듯한 순간이에요.]

한국에서도 올스타전을 동시 생중계로 보내줄 만큼 많은 관심을 쏟았다.

연습 투구를 끝낸 영웅이 공을 받았다.

그 모습을 박태원과 최성재가 나란히 앉아 지켜보고 있었다.

"여전히 공이 좋구만."

"매일 노력을 하고 있으니까요."

"노력만 가지고 되나? 재능도 충분히 뒤를 받쳐 줘야지."

두 사람은 같은 학교 출신이었다. 정확히 이야기하면 최성재가 10년 후배였다.

"자네가 옆에서 많이 도와주게."

"알겠습니다."

"대표팀에도 합류하게끔 도와주고."

"예."

물론 강요할 생각은 없다.

에이전트의 입장에서야 선수가 대표팀에 나가지 않는 게 더 이득이었다.

굳이 그걸 드러낼 필요는 없었다.

박태원 역시 알고 있지만 내색은 하지 않았다.

가장 중요한 건 구단의 의중이니 말이다.

빠악-!

"스트라이크!! 배터 아웃!"

[첫 타자를 삼진으로 처리하는 강영웅 선수! 올스타전에서도 쾌조의 스타트를 보여줍니다!]

올스타 브레이크.

전반기가 끝났다는 공식적인 행사나 마찬가지다.

전반기 MVP는 단연 강영웅이었다.

지난 시즌 사이영 상을 거두면서 2년 차 징크스를 깬 영웅은 3년 차에 더 무서운 선수가 됐다.

전반기 13승 1패.

탈삼진 19개, 평균 자책점 0.91을 기록.

괴물 같은 시즌을 보내고 있었다.

만약 후반기에도 전반기 같은 시즌을 보낸다면 2년 연속 자신의 커리어하이를 갱신하게 된다.

일각에서는 영웅이 아직 성장기이기 때문에 내년, 그리고 이듬해가 더 기대된다는 평가를 내놓기도 했다.

영웅의 활약을 등에 업은 클리블랜드 인디언스 역시 중부지구 1위로 시즌을 마감했다.

전반기 성적은 54승 36패.

정확히 90게임을 치르면서 승률 6할을 마크했다.

월드시리즈 우승을 공언하기도 했던 터라 클리블랜드 주민들의 기대치가 상당히 높아졌다.

팀의 성적을 책임지고 있는 에이스 영웅에 대한 기대도 덩달아 높아질 수밖에 없었다.

후반기 첫 경기.

영웅이 홈에서 마운드에 올랐다.

[전반기에 대단한 성적을 올린 강영웅 선수, 후반기 첫 경기에 마운드에 오르게 됐습니다.]

[MLB.COM에서 강영웅 선수의 전반기를 이렇게 표현했습니다. 어메이징한 시즌이었다! 정말 그 말에 동의할 수밖에 없는 성적을 올렸습니다.]

뻐억-!

"스트라이크!!"

[초구 배트 헛돕니다. 초구부터 타자가 공격적으로 나오네요.]

[강영웅 선수의 피칭 스타일은 정면 대결입니다. 대부분의 공들이 스트라이크존으로 들어오기 때문에 타자의 입장에선 기다릴 수가 없습니다.]

따악-!

"파울!"

[배트 밀리면서 파울이 됩니다. 97마일의 구속이 찍히네요. 이번 시즌이 시작되기 전, 강영웅 선수가 공략을 당할 수

도 있다라고 평가를 내린 전문가들도 있었습니다. 그만큼 메이저리그의 정보 수집력이 뛰어나기 때문에 나온 우려였는데요. 지금으로서는 그저 우려에 불과한 게 되어버렸습니다. 위원님은 강영웅 선수를 공략하지 못하는 이유를 뭐라고 보십니까?]

따악-!

"파울!"

이번에는 타구가 우측 관중석에 떨어졌다.

정확한 타이밍에 배트를 돌렸다고 생각했지만 공이 휘면서 히팅 포인트에서 도망친 것이다.

[방금 전 공이 그 이유다. 이렇게 말할 수 있습니다. 강영웅 선수는 패스트볼을 매우 잘 던지는 투수입니다. 흔히들 패스트볼이라 하면 변화가 없을 거라 생각합니다. 실제 대부분의 투수가 던지는 패스트볼은 변화가 무척 적습니다. 하지만 정상급 투수들은 하나같이 무브먼트가 대단한데요. 강영웅 선수의 포심 패스트볼은 수직 무브먼트와 수평 무브먼트가 모두 뛰어납니다.]

따악-!

"파울!"

[삼구 연속 파울이 나옵니다.]

[이번에 던진 공은 수직 무브먼트가 뛰어나 공이 덜 떨어졌습니다. 흔히들 이야기하는 라이징 패스트볼의 현상이죠. 그러다 보니 타자의 스윙이 공의 밑 부분을 때리면서 백네트를 흔들게 됩니다.]

와인드업을 한 영웅이 5구를 뿌렸다.

이번에는 공을 채는 순간 검지에 더 힘을 주어 다른 변화를 주었다.

우타자의 몸 쪽으로 파고드는 변화가 일어난 것이다.

후웅-!

예상치 못한 변화에 타자의 배트는 허공을 헛돌았다.

뻐억-!

"스트라이크!! 배터 아웃!!"

[헛스윙 삼진! 다섯 개의 구종 모두 90마일 후반의 빠른 공을 던져 삼진을 잡아냅니다!]

[분명 패스트볼이지만 이번에는 수평 무브먼트가 매우 심하게 일어났어요. 덕분에 투심처럼 휘어져 들어갔습니다. 하지만 변화는 더 적었고 변하는 타이밍 역시 히팅 포인트 직전에 변했기 때문에 배트는 헛돌 수밖에 없었습니다.]

정확한 평가였다.

전반기.

압도적인 성적을 올린 영웅에 대한 다양한 데이터가 쏟아졌다.

세이버매트릭스를 기반으로 한 각종 데이터를 시작으로 그가 수립한 기록에 대한 데이터까지.

그중에서도 가장 이슈가 됐던 것은 수직과 수평의 무브먼트였다.

두 개의 수치 모두 리그 최고 수준이었다.

더 놀라운 건 그가 던지는 포심 패스트볼의 공들 중 수직과 수평의 무브먼트가 매번 다르다는 것이었다.

즉, 상황에 따라 나누어서 던졌다.

타자의 입장에선 직전의 패스트볼이 머릿속에 남아 있어 그 궤적에 맞춰 스윙을 한다. 하지만 실제 들어오는 공의 변화는 그것과 다른 경우가 많았다.

딱-!

[평범한 땅볼이 나옵니다. 유격수 안전하게 잡아 1루에! 아웃입니다.]

신기에 가까운 컨트롤이었다.

이런 것들을 할 수 있게 된 이유는 어릴 때부터 받아온 엘리트 교육 덕분이었다.

잭에게 가장 처음 배웠던 건 바로 손가락 훈련이었다. 그 훈련을 통해 손가락의 감각과 악력을 극대화시켰다. 그래서인지 실밥을 채는 그 짧은 순간에도 다양한 변화를 줄 수 있게 됐다.

뻐억-!

"스트라이크!! 배터 아웃!!"

[스탠딩삼진입니다! 오늘 경기 두 번째 탈삼진을 기록하며 후반기 역시 산뜻한 출발을 합니다!]

영웅의 후반기 질주가 시작됐다.

to be continued